云深不知处

聂还贵／著

作家出版社

图书在版编目（CIP）数据

云深不知处 / 聂还贵著 .-- 北京：作家出版社，2019.7
ISBN 978-7-5212-0192-5

Ⅰ.①云… Ⅱ.①聂… Ⅲ.①散文集—中国—当代
Ⅳ.① I267

中国版本图书馆 CIP 数据核字（2018）第 198160 号

云深不知处

作　　者： 聂还贵
责任编辑： 省登宇
装帧设计： 仙境设计
出版发行： 作家出版社有限公司
社　　址： 北京农展馆南里 10 号　　**邮　　编：** 100125
电话传真： 86-10-65067186（发行中心及邮购部）
86-10-65004079（总编室）
E-mail:zuojia @ zuojia.net.cn
http://www.zuojiachubanshe.com
印　　刷： 河北画中画印刷科技有限公司
成品尺寸： 142 × 210
字　　数： 170 千
印　　张： 8
版　　次： 2019 年 7 月第 1 版
印　　次： 2019 年 7 月第 1 次印刷
ISBN 978-7-5212-0192-5
定　　价： 32.00 元

目　录
CONTENTS

请托一个梦给我，母亲

我渴望有一个梦。

我渴望能在梦中看到我的母亲。

我常常在夜晚睡觉之前，静静地躺在床上，把母亲生前的音容笑貌和许多生活情节，闭着眼睛，细细回想一遍，好应验“日有所思，夜有所梦”。然而，梦却不肯成全我，或是一夜无梦，或是映现一些与母亲无关的图像。这时，我就觉得很委屈，就想仰天长喊一声“娘——”，而后痛痛快快哭上一场。母亲啊，你把儿子忘了吗？你的儿子有哪些不孝吗？你怕累了一天的儿子晚上睡不踏实吗？为什么连一个梦都不肯给我呢？我日夜思念的母亲！

我记忆的池塘里，清晰地照下母亲的模样时，母亲约莫四十多岁光景。

母亲长得瘦瘦小小，身子骨极单薄，然而很有活力和精神。天生的爱说爱笑，快人快语。鹅蛋形的脸上，闪动着一双灵巧的眼睛。虽出身寒门苦家，却憋着一股子不屈于贫寒的心劲和骨气，是那种秉性刚烈，通晓事理的女人。

母亲生过七八个孩子，最终成活的只有我们兄妹五个，三男二女，其中我是最小的。童年时，常有邻居夸我生得机灵活泼，母亲疲惫瘦削的脸上，就立刻闪耀一片欣喜的亮色和自豪的光彩："要知道，俺三儿子原先是不打算要的呀！"

50年代中叶，贫困的乌云，厚厚地覆盖着晋北农村。"添手不添口"，在饥馑的沼泽地艰难跋涉的母亲，实在没有力气再拉扯她的第五个孩子了。一落地的我，就很自然地被丢弃在晋北农村点火做饭的灶火门口。父亲略懂一点生辰八字，扳着手指头一掐算，这孩子不能扔，说着就去把我"拾"了起来。孩子是母亲身上的一块肉，母亲把我紧紧地抱在了怀里。我的生命就这样失而复得了。

已经被日子消磨得十分孱弱的母亲，起得更早，睡得更晚，像一台拧紧发条的钟表，不知停歇地奔忙着，辛劳着。家乡那一带盛产高粱玉米，秋天时，男人们下地收割庄稼，早出晚归；女人们就在打谷场上剥玉米，打谷子，披星戴月。

母亲举止麻利，手下格外出活儿。割倒的高粱，就地用高粱秆一捆一捆地系起来，车拉人背地运到打谷场上。接下来，女人们就用一种“掐谷刀”，有时也用镰刀，一穗一穗地把高粱穗子切割下来，这叫作“掐高粱”。母亲席地而坐，怀中抱一捆高粱，一穗穗高粱穗子，就从手下鸟儿一样不停地飞出，不一会儿，母亲面前就堆起一座红色的“小山”。两个为母亲搬运高粱捆子的大男人，“供不应求”，终于累得认了输，服了气，央求母亲让他们喘口气，抽锅旱烟。众多女人里，记工员总为母亲记最高工分。母亲的双手，被高粱穗子和叶子磨得殷红殷红，鲜血欲滴。母亲作为一把干活能手，从村头到村尾，可谓有口皆碑的。至今，记得我母亲的人，常常要作一番感慨和赞赏。

“虎老惜子”。疼爱最小的孩子，或许是所有动物的本能。母亲把最大的爱心，温暖无比地照在我的身上。倘若能有一口好饭，母亲咽到嘴里也会吐出来喂给我吃。我如果有个头疼脑热，母亲总是急得像一团火。没有钱求医买药，母亲就熬一碗姜汤叫我喝了出汗，或用米面换两个梨煮熟了为我止咳。我不思茶饭时，母亲就擀一碗白面和玉米面做的俗名叫“金裹银”的面条，打一颗自家养的鸡下的蛋烙一张高粱面饼子。小学几年级了，一回到家，我就撒娇地躺在母亲怀里，撩开补丁重叠的衣襟“吃奶”。邻居们见了就逗我：羞人，羞人，没样子。十五六岁了，睡觉还跟母亲一个被窝，母亲的胳膊就是我的枕头，夜夜把母亲枕得麻木叫痛。

我的记忆中，母亲是极少发火的，从来没有对我动过一个手指头。母亲是用一颗淳朴、宽容、善良的心，教了我们许多做人的道理。不管与谁家孩子吵了架，不论谁的理长理短，母亲首先教训我们。“抬头女人低头汉”，家境再穷，日子再艰难，母亲的脸上从来没有惧容和苦色，她是把苦难咬碎了咽在肚子里。她对自己的双手充满信心，她一看到她的孩子们，心就怒放如一朵苦菜花。她每天和太阳一起，挺着志气，昂然向上地走向生活。母亲教育我们：吃饭穿戴可以穷，但是心不能穷，志不能短，要在心上长颗牙。老实依然在，桥虚两头空。别人家的东西，即使一根针，也不能捡回到自己家。长大后，我读到了“穷且益坚，不坠青云之志”的古训，读到了美国总统罗斯福的名言：“只有恐惧本身，才是我们唯一应当恐惧的东西。”我感谢母亲，她使我们从小就受到了坚强的塑造，力量的鼓舞。不论在什么艰难困苦环境，都要乐观自信，知难而进。“人从虎豹丛中健，天在峰峦缺处明”。母亲十四岁就嫁给了二十七岁的父亲，她常对我们讲起，有很长一段日子，她饱受我父亲的打骂。孩子在父母中间，任何时候，立场总是坚定不移地站在母亲一边的。有一次，母亲和父亲发生口角，十来岁的我抢白了父亲几句。然而，责骂我的首先不是父亲，而是母亲。母亲说：我和你爹怎么吵怎么打，那是平起平坐的辈数，可对你们来说，父母就是一重天哪，顶碰父母那就是不敬不孝！此后，我再没有顶撞过父亲，而像对待母亲一样，献一片孝心给父亲。

母亲和父亲加起来不认识一个字，可是母亲却每每苦口婆心地要我们好好念书。至于念出书来能有什么大的用处，母亲是不敢有多高奢望的。“万般皆下品，唯有读书高”这一警策之语，母亲也不曾听说过。举人秀才之类的故事，父亲倒是从外面听回来讲过，可母亲像对待神话一样，听一听就过去了。但是肚子里有了“墨水”，就不用像她那样吃苦受累，这无疑至少是母亲最朴素的想法。母亲说：只要你们肯念书，是那块材料，念多高，娘就是再把裤带勒得紧一圈，也要供得起学费和书费。村里许多比我家富有的人家，孩子们早早地就辍了学，有的去学什么油漆匠木匠手艺，有的下地帮大人干活，为多挣一些工分。而要强的母亲一口气，把我们兄妹三个供得读了县立中学，这是一项多么不容易的工程啊！

为了我们安心读书，母亲从牙缝里抠，从手指头上省。粮食不够吃，就得用野菜和谷糠来补。母亲腌菜，在那条街上是腌出了名的。每逢秋天，母亲就在两个比我还高的大瓷瓮子里，铺一层菜，撒一层盐，满满溢溢地腌上各种菜，诸如甜苣、苦菜、萝卜缨子。为了腌得结实，最后用一块大黑青石压住。秋粮入囤，母亲也不忘在玉米面中掺糠，在高粱饭里夹菜。母亲说：要省就得在瓮口上面省，等到瓮子底时，就已经迟了。在一个个露水打湿的早晨，我们睡得正香，母亲就已经从田野上回来了，她放下沉甸甸的装满青草和野菜的大箩筐，开始喂猪喂羊喂鸡，努力从生活的不同侧面，支撑和保护着脆弱得不堪一击的日子。冬棉秋夹夏单衣，而十冬腊月里，母亲上身只穿一件夹袄，要熬过几个月的严寒，常常冻得像一片风中的树叶瑟瑟颤抖。

母亲不喜欢别人廉价的施舍和同情，常说人情债难还。富一点的人家，开始用上了缝纫机，主动帮我母亲裁做衣服，母亲就提出为人家纳鞋底，绱鞋帮。那密密麻麻的针迹，纳入母亲多少个不眠之夜啊！穿过我母亲做的鞋的人说：张绪仙纳的鞋底子，就像胶皮底子一样坚实耐磨。可他们怎么知道，那用补丁叠摞的有半寸厚的鞋底，由于手上的劲不够使，针线无法从锥子眼里穿过，母亲就只好用牙齿咬住针往回拔，本来苍白的脸憋得紫红紫红……

母亲用双手的勤劳和铮铮骨气，赢得了左邻右舍的敬重。

母亲就这样背着生活的艰辛，一步一步地向前走着，走到第五十六个春秋的门槛时，再也迈不动脚步了，落日一般无声地倒了下来。整个村庄为之悲恸。

我无数次地这样回忆着母亲，而母亲只是在回忆中向我微笑，却一步也不曾走进我的梦里。有一天，我突然想到，莫不是远离乡村，深居都市，对父母祭奠不够吗？于是，那年清明节，我特地回到家乡，独自一人跪在父母双亲的坟前，划着火柴，点燃厚厚一沓五色纸和一摞纸钱，并呜呜哭了好一阵子。“纸灰飞作白蝴蝶，泪血染成红杜鹃。”郁积在心头的苦苦思念，风雨人生的痛楚感触，无法说与别人听的一曲曲心思，都一股脑儿地哭了出来，宛如开闸奔腾的流水；哭后，仿佛卸掉一摞沉重，心里豁然舒畅了许多。

从心泉里流泻出来的哭声，使整个旷野布满无边的寂静。靠近陵园的右边，是那条亲切的季节河。儿时小伙伴们嬉戏打闹的情景，像河床里各色各样的小石子，散落在河的两岸；河边那一排白桦树，一定还萦绕着母亲当年唤我吃饭和我生病时喊着我的乳名为我叫魂的声音。是你吗？那株老榆树，我曾像猴子一样爬在你的最高处，一串一串捋你的榆钱叶，让母亲为我做成清香无比的臊子，调着母亲搓的高粱面“鱼鱼”吃。什么时候，老榆树上落了一群麻雀，是当年那些异类伙伴吗？一双双熟悉的眼睛，齐刷刷向我望来温暖和慰藉。是我的哭声译成了鸟语，引起了麻雀们的共鸣？怀念父母的心声，是动物界共同的语言！

我依然跪着，从糕点盒里拿出各种点心糖果，撒在坟的四周。羊有跪乳之情哟，鸟有反哺之义，母亲，你受了一辈子的苦，而儿子我太小，竟不能报恩于一二，一颗悠悠寸草心，永远愧对三春之晖！生活中，每遇朋友、邻居回乡下探母，或接双亲来住，我的心就会隐隐作痛，就觉得我的岁月残缺了什么。按照民间传说，父母亲将会透过五色纸的火焰，看到为他们烧纸的孩子。那么，母亲，你看到我了吗？看到了日夜思念您的儿子了吗？！

母亲的一生是与贫穷顽强搏斗的一生。母亲的生命最终没有战胜贫穷这个恶魔。我头脑里常常闪现着令人揪心的一幕：弥留之际，母亲断断续续，反反复复地说：枕头下，也许是炕席下，压着三元钱。我们找过了，没有，压根儿就没有。那是母亲对金钱的渴望，对富裕的向往，对贫穷的诅咒和控诉！母亲不仅仅是给我以生命和母爱的亲娘，她已经升华成一种无法用语言表达的伟大精神，是一束任何光芒都无法相比的灿烂，她永远照耀着我，照耀着我的思想、灵魂，照耀着我的一切一切……

含羞草

那天，读小学的儿子对我说，他在花市上看到一盆花。那花怪有意思的，用手指碰一下，本来张开的叶子就慢慢缩了回去。我一听，就来了兴趣，当即匆匆跑到花市，买了一盆回来。

这就是含羞草。淡粉色的草茎，忽正忽斜地穿插出一组组鲜绿的草叶。数一数，每一组都是四片叶子，互相对称，结构像一朵十字形的花。每片叶子不像一般的草叶花叶那样整体，而是由许多个纤细而独立的叶芽组成，那形状极像我们梳理头发时用的篦梳。花也要开的，像花生那么大小，紫色的花针，黄色的针尖，毛茸茸的，状如一颗小巧精美的绣球，或者更像一朵礼花在空中绽开一瞬间的定格，虽然这花是那样的小。这时，你不管用什么东西，包括手指，只要触及到她身体的某一个部位，就像一句带了长串形容词副词的语言，通过紧缩，简短成主谓宾。那叶子本来像雨伞一样丰满地撑开的，或像孔雀的彩屏自由舒展开放的，这一下子，却像折扇或手风琴，徐徐然收拢回来，就成一条条小绿虫子的模样，在那里一动不动地爬着。或者也可以比作蚂蚱的翅膀、蜻蜓的尾巴。而且那一根根斜挑着叶子的茎，竟然也要弯曲低垂下来，像一面旗帜的降落，像我们同别人再见时，手臂在空中挥动划出的弧线。

有时，你说话的声音太大了，说不清是音波，抑或是气流的振动，含羞草都要轻轻地埋下头来，藏起美丽和羞赧。甚至，你为她洒水时，一滴清亮的水珠落在身上，她也要那样认真地“含羞”一下。

含羞草哟，你也实在有点太敏感，太小心翼翼，太警惕了，弄得我每次观赏你，靠近你时，总是屏住呼吸，蹑手蹑脚。有一段时间，我晚上睡觉，总要梦到你，那情形就有点像庄周与蝴蝶，恍兮惚兮，不知是我在梦你呢，还是你在梦我。莫不是在夜深人静时分，你像蒲松龄笔下的狐仙，飘然走下花盆，从阳台轻盈到我的房间。我真切地以为你不是一株普普通通的植物，而是成了精、通了灵性的草；是一株活脱脱的美丽，一棵充满爱情的生命。我相信你有一双比“巧笑倩兮，美目盼兮”更脉脉含情、楚楚动人的眼睛，虽然我无法看到；你有一颗纯洁无瑕、聪颖脆嫩的心，虽然我只能用心体会；你有一片温柔如云、晶莹如玉的纯情，我已经深深地感触到了。我甚至怀疑自己，是不是把你当成了情人，含羞草哟。

然而，含羞草，还是你挽回了我的清醒。那天，当我满怀爱心地伸手去抚摸你的时候，忽然我的手好像被什么东西尖利地扎了一下。仔细一看，啧啧！原来含羞草粉红色的茎上分布着一根根绿色的针，像玫瑰的刺。那针尖呈黑色，极不易察觉。“多情反被无情恼。”小小的一株含羞草哟，你竟有如此强烈的廉耻之心，对自己的“美丽情操”和尊严品格守护防范得如此严密，一如宋代学者周敦颐《爱莲说》里的莲花，只“可远观而不可亵玩”……

杏花殇

院子里有一株不知是谁种的杏树。

或许是哪家的顽童，吃罢杏肉，信手将杏核一抛，那杏核就灵性地落地生根，吸纳大地的精气，相约一个春天，悄悄地穿出一株杏苗来。

这是哪个春天里的事，谁也说不上来，甚至连杏树的处女花是在哪一年春季绽放的，也一样不曾有人留意到，大概只有杏树自己记得。

今年早春的一天，我在院子里“闲庭信步”，突然惊疑地发现，这株杏树女大十八变似的，于不经意间，出落得一派丰满葱茏，楚楚绰约。我不禁想到昔日“杨家有女初长成，养在深闺人未识”的杨玉环，后来成了雍容华贵，珠光宝气，笑吃荔枝，丰腴肥硕的贵妃娘娘。是花模仿人，还是人更像花？“人面”“花容”想必向来都是连通的，要不怎么会有“羞花闭月”那样美丽的传说。

莫说“桃三杏四”，这株杏树因是朝阳而立，周围又无什么遮拦，端端地应了那“向阳花木早逢春”的诗句，“不待春风遍”，“独自占芳辰”，一梢梢的“红杏枝头”，早早地就一番“春意闹”了。那一树似锦繁花，鲜红如燃，暗香浮动，引来一群乐颠颠的蜜蜂，飞上飞下，嗡嗡然比唱戏还要热闹。

尤是每一朵花蒂，都结了一枚橄榄状的青杏，玉坠儿一般绿得透明，绿得晶莹，绿得叫人心颤。借了阳光，仿佛能看到青杏肌体里面音乐般流动的液汁。我想，待到夏天，从这株杏树上，定会摘下一大筐莹润香甜的金杏的。

杏树上还有一些蓓蕾，或许是忘了武则天“花须连夜发，莫等晓风吹”的提醒，或许是去哪里贪玩而误了早开的花期，绿绿地在那里做着春天的梦。

可惜的是天有不测风云，大自然永远在我们想象之外微笑着神秘和幽默。一场势头强劲的“倒春寒”突如其来，那株花团锦簇的杏树，一夜之间香消红殒，风光落尽，沦成一个衣衫褴褛、满脸沧桑的老妪。杏树下面，布满一地枯萎的无奈和伤痛。

寒流过后，打卷的杏叶渐渐有了舒展，却毕竟没有先前那般浓绿灿丽了。

然而，就在这些叶子的隙缝，又星星点点地开了一些杏花，正是那些没赶上早春而迟开的蓓蕾。花蒂下，缀着一颗颗毛茸茸的青杏，像婴儿眼睛一样水灵，闪烁着蓬勃无比的生机。

这些晚结的杏儿，最终在那个夏天，孕成了杏树珍贵的果实。

野　狼

大漠，一派苍凉的辽阔。

帐篷一搭，即是安身之家。

实在太疲劳了，躺下就入睡，且整夜无梦。一觉醒来，伸手一抓就是一大把阳光。

挑起帐篷门帘，啊！我不禁倒吸一口冷气。惊惧突如其来，像一枚钉子，把我定格在那里。

狼。一只野狼。在百米处沙丘上的一块大黑石头旁，与我对视。只是那目光，没有想象的那样凶残、贪婪，而充满机警和好奇。

这只野狼，四个蹄子，雪样发白，仿佛穿了四只白色网球鞋。苍黄的毛色，光滑油亮。个头不算大，却显得矫健英俊。在沙漠运动场上，它准是百兽群里的百米运动员。

愣了一阵子，我才想到防卫，想到猎枪。

当我端着猎枪走出帐篷时，狼已经不见了。

下午，我打开录音机，放起贝多芬的《命运交响曲》。突然从帐篷的隙缝里，我看见那只野狼正卧在早晨看到的那个沙丘上，仄着耳朵，聚精会神。狼在听音乐吗？狼也喜欢音乐吗？狼也懂音乐吗？

我呼地来了情绪，把警惕、人与狼的差别，与猎枪一起，扔在了一边，顺手抓几块罐头里的肉，钻出帐篷。

野狼看见我，吃了一惊，本能地跳起来，退却几步。

我使劲朝它甩去手里的肉，它却以为我是向它袭击，拔腿就跑。但它一定是闻到了肉味，又猛地刹住，回过头来一步一步向肉走去。

走到肉前，狼突地一点头，敏捷地叼起肉，转身跑了一段路，这才掉过头来，一边谨慎地嚼着，一边摆动尾巴，就像一只狗在感谢它的主人。

我觉得不再寂寞和孤独，就冲着天空大喊一声：大漠，I love you！

然而，这以后，一连几天，再没有见着狼。

第三次见到狼，是在一个傍晚。

我点了一堆篝火，特地放着有《狼》曲子的磁带，随意跳起舞来。

蓦然，我感觉自己不是独舞，身边还有伴舞者，那便是那只可爱的野狼。

火光照耀下，野狼踩着音乐节拍，来回走动，那样认真，那么有趣。只是我发现，野狼的一条前腿瘸着，深一脚，浅一脚，减了几分先前的精神。自己摔的？同类咬的？猎人干的？

这只野狼为什么总是跟着我？是为了排遣心中的孤寂？是把我当成异类中的朋友？是把我想成一顿美餐？

有野狼伴舞，我跳得有点近乎疯狂。累极了，我一屁股跌坐在沙漠。狼呢？什么时候离开的？它去了哪里？它有家吗？家在何处？

带着一连串问题，我恍兮惚兮，进入了梦境。

突然，一阵狼的号哭，把我惊醒。我本能地弹跳起来。

从帐篷的窗子惶然张望，啊，月照中天，一片煞白，把整个大漠照得贼亮惨明，森然可怕。月亮下，沙丘上那只野狼后腿支撑，身子直立，雕塑一般，对月长哭。那哭声凄惨，悲戚，苍凉，我听得毛骨悚然，寒战不已。

猛地，野狼前腿收回落地，朝我的帐篷一瘸一拐而来，并环绕我的帐篷嚎叫不息。

狼！毕竟是狼！兽性不泯，狼性难改！穷凶极恶的家伙！我一直友好待你，你他妈的却饿疯了，向朋友发难了。我想起柳宗元的《黔之驴》，那贵州小老虎，不就是采用这样的手段，把庞然大物的蠢驴吃掉的吗！

蠢驴！我一边骂着自己，一边操起猎枪，从窗口伸出去，却说不清为什么，只是朝天开了一枪。

然而无济于事。野狼真的疯了，竟然撕破我的帐篷，钻了进来。

“砰——”野狼应声倒下。它艰难地抬起头，痛苦地看我一眼，挣扎着，淌着血，向外面爬去。

当我追出来时，狼已死在沙丘上那块大黑石头旁边。

这时，惨白的月亮变得黯淡起来，天地呈现一片混沌。继而，一阵大风铺天盖地，不知从何处席卷而来，凶猛的风浪，像谁抡起的大锤，猛地把我砸倒在地。

当我醒来时，大风已经无影无踪，太阳依旧鲜红地照耀着一望无际的沙漠。

我发现我的双手紧紧抱着那块大黑石头，身边是那只死去的野狼。而我的帐篷，散了架子似的倒在远处。

惨白的月亮。野狼的啼哭。枪声。风暴……昨夜惊心动魄的一幕，在我眼前翻腾。闪回。

“狼拜月神”——我蓦然想到了当地古老的传说。

我低头看一看野狼，它被黄沙埋了一半，那眼睛沉重地闭着。但我知道，无论怎样的努力，我都无法抹去我在野狼眼睛里沉重的投影。

红柳冢

我是用了我的两只手，一铲一铲地在沙丘上挖了一个深深的洞穴，把野狼轻轻地放了进去，再用沙土一捧一捧地掩埋。

之后，我又走了很远很远的一段路，找到一丛一丛零散的红柳，斫下一小捆红柳枝，带回到沙丘，一根一根地插在野狼的墓堆。

做到这里，我突然想到了什么，从身上找出那把撬罐头盒用的瑞士十字军刀，在沙丘那块大黑石头上，雕刻下两行隶书：

红柳冢

一个人和一匹狼的故事

……

一个事件产生的影响，从来不会因为事件的结束而结束。是的，风暴已经过去，然而过去恰好说明它曾经来过。就像你信手将一颗石子投进一镜湖泊，激起的一轮轮涟漪，会在你的视线之外，绵绵不绝地荡向幽远幽远的地方。那每一丝细碎的微澜，都将使空气、阳光、花草，甚至天空飞过的小鸟，受到不可避离的波及。蝴蝶翅膀的扇动，唤起了宇宙的变化，混沌学说就是这样向我们物语世界的。

野狼并没有因为埋葬而从我的世界里消逝，那一双最初的目光和最后的眼神，像两个神秘的星座，总是在我梦的天幕上，一闪一烁地挂着挥之不去的照耀。

怀着一颗比善男信女千里还愿还要虔诚的心，几年后，我再度来到大漠，来到那座日夜叫我魂梦萦绕的红柳冢。

红柳与胡杨一样，是生命力极强的树种，它们风景着沙漠的风景，生机着沙漠的生机。几年的时光，红柳便把那一片小山丘，茂密成一片树林。远远望去，红柳冢红得就像沙海里一箭映日红荷，红得就像我胸中那颗火焰般激迫跳动的心。

在红柳的保护下，野狼的坟茔安然如石。那块黑石头上的两行隶字，清晰如初，跃跃然，一眼就读出了我，读出镌刻在我头脑里那一幕人与狼令人扼腕的悲剧：大漠。音乐。篝火。惨月。狼哭。枪声。风暴……读得我心里生出一阵阵流沙般滑动的不安、愧疚和疼痛。

我打开摄像机，从不同角度，对红柳冢作了全景摄录。这一卷特殊图景，将作为我人生的一份重要档案，珍存在我的生命之中。

接着，我把特地带来的一束鲜花，放在野狼的冢顶。

继而席地而坐，用吉他为野狼弹唱了一曲我和野狼都很熟悉的《狼》:我是一匹来自北方的狼，走在无垠的旷野中……不为别的，只为那传说中美丽的草原……

那天晚上，我没有住在大漠的帐篷，而是客居在大漠近处一个村镇的老猎人家里。

说老猎人，是因为他曾以打猎为业，只是几年前的一天，他突然独自一人喝了大半夜的酒，从此，就把猎枪扔到了生活的一个角落，连碰都没有再去碰一下。这件事发生得那样突然，以至于村镇上的人们，都觉得有点怪异和蹊跷。

老猎人不善言谈，甚至连眼睛都不去多看你一眼，只是默默地做着他自己手中要做的事。

他烫了一壶“野狼”牌烈酒，只瞟一个眼风，就知我不胜酒力，便不作多劝，独自一个人闷闷地喝了起来。

我觉得空气有点沉郁，就主动与他搭讪。

老猎人听我说去了红柳冢，眼睛忽地朝我一闪，仿佛敲击燧石，迸出尖锐的火花，叫我生生地吃了一惊。那举起的酒碗，端端地定格在他的嘴边。

红柳冢！你也听说过红柳冢？啊哈，你说你是专门为看红柳冢而来的？

是的，大叔。

你在红柳冢看到了什么？红柳？墓碑？你听到了什么？歌声，狼的歌唱？红柳树的吹动？……老猎人说着，嗵的一声，手中的碗重重地落在桌子上，碗里的酒跳溅出来，流动的形状，就像我心中的诧异。

我！……

你一定不知道红柳冢的来历，没有听说过红柳冢的故事！

是的，我没有……

吉尔，那是吉尔！

吉尔？

对，吉尔，一头野狼的名字。

野狼？野狼叫吉尔？

不错，吉尔是狼王的儿子，就是王子。

吉尔是王子，狼王的儿子？

那件事，已经被岁月的翅膀带走好几年了……村镇上的一个小女孩，被几头野狼叼了去，村里慌乱成一片，人们纷纷舞枪弄棒地要去闯大漠救人。人潮刚刚拥到村口，突然传来一声女孩的啼哭，大伙一看，愣住了，胡杨树下站着的不正是那个小女孩吗？奇怪的是，女孩的身边，有一头野狼。野狼一身好毛色，苍黄苍黄，就像早晨蓬勃的阳光，四只蹄子雪白雪白，就像镀了白银一样耀眼，它的眼睛里亮着和善的目光，谁看了都会觉得心热……

这么说，是这只野狼把那个女孩送回来的……

你猜得不错。只是谁都不知道野狼群里发生了什么样的事情，这头野狼为什么送女孩回来。嗨，哪来那么多的为什么，眼前的事实是野狼把孩子送回来了，就这么一回事。这就是我们为什么叫它吉尔的原因。吉尔，多么好听的名字！

吉尔完成了任务，看得出，一脸光荣和自豪。它转身正要走，见鬼，人群里不知是谁甩出了一把菜刀，只听得吉尔“嗷——”凄厉地尖叫一声，随即投入了无边的旷野，像一卷风，像一箭闪电。是的，吉尔是拐着腿离开的，可那敏捷的背影，一点儿也不失从前的威风、尊严和高贵……

（听到这里，我的脑子里突然闪回一个镜头：篝火熠熠，勾画出一只野狼踩着音乐节拍，一瘸一拐来回走动的身影……）

没几天，村镇上又传出一个听了叫人悲伤的消息，一个来大漠考察的艺术家，被一头野狼咬伤后，用枪打死了野狼。而那头野狼正是吉尔，吉尔……

这时，我的脑袋咣当一声，像一面铜锣遭受到一锤重烈的击打。老猎人一晚上的烈酒好像全都喝到了我的身上，我只觉得从头到脚一阵灼烫，一阵热辣辣的膨胀，胸中仿佛被谁塞进一团火焰，呼呼地燃烧，腾腾地蹿动。

……有人发现了艺术家和吉尔的尸体，就把他们俩一起埋在了沙丘上。第二年春天，墓堆上神奇地长出了红柳，一株、两株……一直长成了一片红柳林……噢，你在红柳林中看到一块黑石头吗？看到黑石头上刻着那一行字了吗？

不等我回答，老猎人叹一口气念道：红柳冢，一个人和一匹狼的故事……

看他那专注迷恋的神情，好像对面坐着的不是我，而就是那块黑色的碑石。

有一天晚上——老猎人继续着他的回忆——我打猎返回镇上的时候，经过红柳冢，突然听到一阵奇特的声音。不错，是狼，是狼的声音，可我一点儿也不觉得恐惧和紧张。因为那不是叫，不是嗥，而是歌，是唱，是诉说，是呼唤——上帝的呼唤。我发誓，那是我一生中听到过的最好听最动人的声音。

老猎人说到这里，打住了话头，用微微泛潮的眼睛看我一眼，那一双红灼的眼睛里写满了无限的深情和向往，我敢说，这眼神比大漠上空的白云还要澄澈和崇高，比大漠丰饶的流沙还要洁净和神圣。老猎人猛地操起酒壶，咕咚咕咚把一壶烈酒一口气倒进了肚子，顿时，老猎人的脸就像夏日的红柳一样红灿，光亮，神采焕然。

我把猎枪扔了！从那个夜晚开始，我把我心爱的猎枪，陪了我大半生的猎枪扔了，我发誓……不，不光是我，还有许多人，我是说像我一样听到过红柳冢狼的呼唤的猎人，都一个一个地把猎枪扔掉了……一位朋友对我说，有一次，他在大漠亲眼看到一群野狼，少说也有百十头，聚集在红柳冢前，齐刷刷地昂着头，引颈长歌。那声浪如惊雷，如海啸，如风暴，拍打得你灵魂都要出窍。打那以后，他也把猎枪扔了，扔了……

……

老猎人讲的红柳冢的故事，把我心中那一处隐蔽的伤口，生生地揭开来，一种说不出的痛，在我心灵深处六弦琴般颤动。我的脑袋真的像灌满了烈酒，发沉，发晕，发胀。但我清醒地知道，我要做的是，必须立即从老猎人讲的故事里逃离出来。否则，我会发疯的！

那个晚上，我没有再对老猎人说些什么，作为红柳冢真正的主人公之一，我又能说些什么，说些什么呢?

红柳冢，像一个凄美生动的谜，神秘着神秘的大漠，神秘着大漠的神秘。那么就让这个谜，永远这样谜下去吧，谜的魅力和意义，或许就在谜的本身，而不在谜底。

那晚，我一夜没有睡着，老猎人讲的红柳冢的故事，终究是人类的演绎，那么野狼族里也会有这样的传说吗?倘若有，那该又是一种怎样的版本呢?可惜的是，它像我们电脑里的一个文件夹，由于我们找不到它的密码，而无法打开，无法打开……

解读落叶的八种视角

窗外。隐形的风，伸出那只看不见的手，轻轻摘落几片枯黄的树叶。

这是秋的一个经典细节，简洁而自然。

室内。老师很灵感地一悟，唰唰唰，在黑板上写下新概念作文题目:《落叶读》。

学生 A:一叶知秋，滴水映日，皆为见微知著的生活例证。眼前这片落叶，就是一枚秋的邮票，它通知我们说: 秋了。无声胜有声的落叶，在我心的湖面，激起一轮波光闪闪的警示:我们唯一能做到的就是“一万年太久，只争朝夕”“花须连夜发，莫等晓风吹”。在有限的岁月里，最大值地发散生命张力，拓展生命空间。当生命像落叶飘零时，不是一丝怨悔的叹息，而是一声金色的欢唱。

学生B：瑟瑟一片叶子，隐喻了生命的短暂，是“人生一世，草木一秋”的注释。人们熙熙攘攘，来去匆匆，无一不受“名利场”的牵引，支配，驱使。纷纷环绕“利益”的轴心，近乎疯狂地旋转，奔波，最终千篇一律地写成“一生疲累，疲累一生”的风俗史。面对这片饱经风霜、瘦容如纸的黄叶，与其明算暗计，纷争于红尘，何如“归去来兮”。

学生C：落叶如金，闪烁果实一般的灿烂和荣耀。世界上没有不落的叶子，重要的是拥有一段绿色的历史。黄叶曾是一把缓缓撑开的绿伞，是一轮徐徐然长大的绿日。它用鲜嫩的青春和凝碧的光芒，绿了春天，绿了夏天，绿过一双双爱美的眼睛，绿过一对对牵手从树下走过的爱情，最后无怨无悔地完成人生的行旅，抵达生命的驿站。从一撇一捺光谱般的叶脉，可以破译出叶子的生命线是怎样的新美绚丽。现在它恬然落下，落成一句“化作春泥更护花”的古诗。

学生D：花开花落，叶青叶黄，乃为大自然的生态属性。风花雪月本身并无美丑之分，金银细软亦无贵贱之别。“夕阳芳草本无恨，才子佳人空自悲。”“人生自古有情痴，此恨不关风和月。”那些“感时花溅泪，恨别鸟惊心”“晓来谁染霜林醉，点点都是离人泪”之类，皆是庸人自扰，无事生非。“人类一思考，上帝就发笑”。纵然“草木有本心”，又“何求美人折”，最终“落个多情反被无情恼”“尴尬人难免尴尬事”。

学生E：经济学把劳动划分为抽象劳动和具体劳动。如果白马非马，那么落叶不落。“过来昨日疑前世，睡起今朝觉再生”。落日只是短暂的休眠，翌日清晨，太阳又将升起新一轮辉煌的生命。而来年早春，千枝万杈也将再度插满绿色的旗帜。时间或许会在某个个体生命那里打结、搁浅、断裂，犹如一只钟表因分针秒针折断而停摆。而大自然和人类的车轮，将永远滚动飞旋，驶向远方……

学生F：春的新绿，夏的深秀，秋的熔金，都离不开叶子装点着色。没有树叶的季节和原野，是一种残缺和失误，多么令人沮丧，乏味，感伤。叶子的意义有时与希望和信念一样高贵，欧·亨利不就是用《最后一片叶子》，复活了一个女画家的生命。因此，发明和创造一种比克隆更神奇的高科技手段，让叶子新美如初，春意盎然，这是我的理想……

学生G：一个女孩弯腰拾起一片落叶，噢，也许她要把落叶夹在《新概念英语》书中，当成一枚别致的书签。不，最好是一叶小舟，在知识的海洋里飞渡。不，也许她会把落叶作为一札诗意的馈赠，一片浓缩秋天的落叶，或许比一枝带露玫瑰更富有内涵深长的意味和情意。

学生 H：从远处走来一个清洁工，他扛着一把竹子扎成的扫帚，木然地走近树叶，哗——哗——机械地把落叶扫在一起，之后，掏出打火机，“叭”的一声点燃。一片片落叶，在金色的火焰中，痛苦地舞蹈，呻吟，像一只只恋花的蝴蝶。

一切复归平静。

二先生

镇上有名医，人称二先生。

一日，镇上一妇人猫着腰，捂着肚，来找二先生。二先生余光一瞥，见妇人脸白如霜，汗若珠落，就顺手操起一只青花瓷碗，从瓮里盛了大半碗绿豆，撩开门帘，“哗”的一声，撒在院里，而后把碗递于妇人之手，一脸严肃地令其把绿豆捡回到碗里。那妇人心里虽有不悦，却也不敢言声，只得蹲下身子，一粒一粒地捡了起来。约莫一顿饭工夫，那大半碗四散滚落的绿豆，经了妇人之手，又一粒粒地回到了那个青花瓷碗。妇人遂直腰起身，呀！竟没有了一丝疼痛！方才痛状，恍似佯装。真叫“病来如山倒，病去如抽丝”。妇人遂向二先生致谢不已。凡在场人，莫不啧啧称奇。

又一日，一五十多岁男子，狂笑着闯至二先生家。正眯缝着眼睛为一病人捉脉的二先生，未等来者开口，即惊呼道：悬！此笑不止，三日之内必气绝身亡。来人听了，扑通跪在地下，朝二先生连连叩头，然口中仍笑声不断。二先生提笔铺纸，唰唰唰，写了一信，交与笑病人说：县城东街南侧有个“静心春”药铺，那里的子无大夫，最擅诊治此病，你速去找他，否则，就回家准备后事吧。笑病人哈哈嘿嘿不停笑着，一把抢过信，惶惶然一路小跑，二十几华里，不足两个时辰即赶到县城鼓楼之下。然而四处打问，竟不知“静心春”药铺，更遑论子无大夫。兀然，笑病人发觉不知何时已止住了笑。摸一摸嘴巴，一切复归平常。再看手中的信，并未封口，遂取出一瞧，却见写道：此公系暴喜伤阳，喜极而狂，喜极则心窍开张而不可复合，非药石之所能治也。喜为心志，五行属火，恐为肾志，五行属水，水克火，恐胜喜，故动以危苦之心，惧之以死，令其惊悸抑郁，则心窍闭合，临至县城，笑病盖可愈矣。笑病人读罢，不禁脱口而叹：二先生真天下神医啊！原来，这位笑病人晚年才得一贵子，于是喜笑过度，乐极生悲。

上面二例，可视为楔子。

凡民间中医，无非望闻问切，开方配药。然而却因二先生脉象吃得准，下药若有神而闻名遐迩。

二先生下药，特点有二：一是用药极少，一剂药不过十味，且每味不超过三钱。二是常用中下品药。《神农本草经》将药物以上中下三品划分，而二先生除特殊病症，一般不用上品药物。且最善用当地易采集到的草药，诸如枸杞、麦芽、陈皮、甘草、黄连，是他药方上的常项。其用心良苦，实为乡亲着想。二先生曾谈及药道说：药如乐，药如画，贵在和，秘在配。“五声”“十二律”“旋宫转调”，遂奏出万千乐曲，数味草药加以药引，可配制出千万药方。他说：人非草木，人亦草木。主张“五谷为养”，未雨绸缪。并著述医书多部，有《本草释义》《内经问答》《中堂密旨》。待病源摸清，二先生遂“以食治之，食疗不愈，然后命药”。他的药方，常常是以粥、汤为特征的膳谱，诸如地黄米粥、小米萝卜粥、当归羊肉羹、党参牛肉汤、红枣猪蹄煲。

二先生会活，活了 99 岁，至死，面色红润，发黑如染。二先生不喜强力活动，一生深居简出，以静克动。他说龟所以寿，受惠于静；蛇所以腾，得益于眠。二先生极善自我调养，常饮一些亲手配制、文火煨就的汤药。据说，那汤药口感极佳，是药却不苦，非酒却清香。可惜，秘方失传，无法破译。倘传至今天，以高科技手段开发研制，必是上乘佳饮，或许比百事可乐、可口可乐更有市场。也有人说，二先生延年益寿，得益于“女人”。二先生一生讨了好几房女人，这几房女人初嫁二先生时皆身强体壮（此亦为二先生娶妻标准之首要），奇怪的是，过门之后，这几个女人皆一样渐呈消瘦，直至面如黄叶，遂命归西天。人们就有疑窦，既为奇医，缘何无奈自己的妻室。后来，人们似乎又悟出了什么，于是就有二先生太“费”女人的说法。此为一谜，令后人津津然乐猜。

另有“失踪”一谜，直至“文革”期间，遂为揭晓。

沿二先生所居小镇，北走数十里，有一座古长城的关隘，叫平型关。1937 年秋，八路军 115 师与日本鬼子在此激战，日军遭遇重创，八路军获得抗日战争的首场胜利。不久，一日，镇上走来了几个操南方口音的陌生人，打问二先生的住处，不一会儿，二先生竟随几个陌生人“失踪”数日。这几个陌生人来自何处？二先生究竟去了哪里？做了些什么？二先生口风极严，从未向人作过吐露。

二先生神秘“失踪”归来之后，即大兴土木，历时一年，遂造成一座三进院落式的建筑，成为镇上一角景致。此建筑含门房正房各三间，均为单檐硬山砖石木结构，占地约三千平方米。该建筑大巧若拙，典朴敦厚。门房坐东面西，门柱阴刻楹联：“熟地黄连翘当归，佛手紫檀香半夏。”横批为“厚朴百合”。乃由十味药名连缀而成，其中“黄连翘”与“紫檀香”实为“黄连连翘”和“紫檀檀香”。门户以东为过堂，过堂亦是坐东面西，且有前廊，廊柱上刻有楹联三副，其一：“百草有情方为药，一心无常便成疾。”其二：“阴阳平衡调二气，寒暑相宜颂三元。”其三：“世间有药皆为草，众生无病惟心愿。”过堂正中有一屏风，上雕一幅“松鹤延年”图。绕过屏风，出过堂即为正房，正房坐北面南，门上阴刻匾额，是魏碑体，笔力苍健：人草一脉。正房前廊明柱楹联：“几味知母药，一片远志心。”“知母”“远志”亦为草药之名。

20世纪60年代，那场“文革”之风刮到了小镇。有人吵闹着，要破四旧，立四新，扫除牛鬼蛇神。二先生高墙大户，庭院深深，自是首当其冲。一群臂缠“红袖章”的红卫兵，就如秋天的落叶一般呼地卷进了二先生院子。二先生端坐正房，不慌不忙，不惊不愠，仿佛面对的是一群“病人”。他用那双开方取药的大手按下众人的吵闹，说：我这里有一样东西，拿给你们甄别一下是“四旧”还是“四新”。说罢，就起身下地，从枣红色的平柜里，取出一个大红布包，一层层解开来，是两张麻纸。一张小一点，是二先生自己蝇头小楷的药方；另一张一尺见方，是一行题字：

向庄二先生敬礼

林彪　1937 年秋

众人一看，竟是林副统帅的“手谕”，皆大惊失色，面面相觑。半晌，不知谁喊了一声“快走”，一院子的人遂作鸟兽散散去。

云冈魂

智慧的人类，自古就创造了保存自己历史和文明的方式与途径，并以此作为自我生命的验证、不灭和延伸，如钟鼎、器皿、竹帛、书籍、碑碣、石窟……作为载体的这些物质，在不辱使命、恪尽天职的同时，也便成为了一种具体的历史、文化、艺术珍品。

“西湖一勺水，阅尽古来人。”一天清晨，博尔赫斯迎着初升的太阳，又一次大声诵读了一遍卡莱尔 1833 年写的一段话：世界历史是一本无限的神圣的书，所有的人写下这部历史，阅读它，并且试图理解它，同时它也写了所有的人。接着，他顺着思路，写下自己的一句名言：当我们看一本古书的时候，仿佛看到了从成书之日起经过的全部岁月，也看到我们自己。同一个意思，被美国前总统林肯尊为“美国孔子”的爱默生说得更为具象和直白：数百万计阅读拿破仑的轶事、回忆录和传记的读者，每个人都喜欢这些内容，因为他们是在其中研究自己的历史。

我要说的是，云冈石窟就是一部神圣的书，就蕴藉有博尔赫斯那样古书的意义。它不仅让我们逼真形象地领略和感受到人类历史的风云，也让我们从中发现和欣赏到自己的影子，区别只在于云冈石窟不是文字，而是形象和物象；不是印刷在纸上，而是雕琢在石头上；不是插放在图书馆或书斋里，而是矗立在大自然的博物馆。或者它“就像一面从街上扛着经过的镜子，时刻准备着反射出每一种创造物的形象”，这是爱默生的又一个天才比喻。正如禅学《宗镜录》所说“举一心为宗，照万物如镜”；《宝镜三昧歌》所唱“如临宝镜，形影相睹，汝不是渠，渠正是汝”。

我们十分熟稔却又觉空泛的“历史”一词，就这样被云冈棱角分明地凸显出来：历史的骨骼、历史的血肉、历史的体温、历史的咚咚心跳、历史的坑洼深浅、历史的悲欢离合，或粗糙干涩，或细腻光滑，一伸手便可从云冈触觉出切肤之感。那里有我们的疼痛和兴奋，有我们深长而剪割不断的脐带。

建筑和雕刻，不仅系石窟所依，且常常被视为测评一个国家文明的尺度。“人类没有任何一种思想不被建筑艺术写进去”，我们观察到，雨果说这句话的时候，身后的背景正是巴黎圣母院。而雕刻，更是人类最早破土而出的艺术之苗，它青青翠翠地把春天般的活力蔓遍人类所有的建筑。

石窟是依傍河畔山崖开凿的佛教寺庙的简称。佛教石窟渊源于印度。中国石窟历史和文明悠久而漫长，主要以敦煌、云冈、龙门为杰出代表。云冈凭借独特的石质条件和开凿的政治历史背景而闪烁着鲜明的个性光泽。

云冈石窟不仅仅以纯净的石雕别样于敦煌的泥塑和壁画，不仅仅以开凿期早、气势恢宏超乎着龙门，也不仅仅是在敦煌和龙门之间，架起一座创新、发展石窟文化的桥梁，更显著的区分是：敦煌与龙门一样，建造年代跨度大，是在几个朝代更迭交替中起起伏伏、断断续续完成的，上面不可避免地打着各个朝代的铭记和烙印，就像曹雪芹、高鹗相续写就的《红楼梦》，原著和续者文笔的参差，使作品留下难以熨平的接缝；而云冈，却是一部由一个民族用一个朝代集中时间、集中人力物力一气呵成的杰作，恰如王勃即兴而赋的《滕王阁序》，一挥而就，浑然天成，“织锦有迹，岂曰蕙娘；修月无痕，乃号吴刚”，并在“那一气到底而又缠绵往复的旋律之中，有着欣欣向荣的情绪”。

作为国家意志的物质体现，云冈不仅“暗示”着公元5世纪，北魏王朝信仰佛教的满腔热忱和经济文化的高度繁荣，而且由于皇家主创，整体布局统一合理，各个洞窟有机连贯，每一窟造像秩序井然，可谓意若贯珠，像如合璧。“其贯珠也，如夜光走盘，而不失回旋曲折之妙。其合璧也，如玉匣有盖，而绝无参差扭捏之痕”——“虽由人造，苑自天开”。

作为帝王的直接行为，云冈完整地把一个王朝的百年大业、精神风貌、意识形态、社情民俗，形象化艺术化地缩影、镌刻在一壁岩石之上。历史学家黄仁宇论说云冈“既供美术展览，也是通俗的博物馆”，因为它保存了北魏“社会史和经济史上的真迹。……要不是这石窟在荒野中替中国中世纪保存这一份文物，而将金碧辉煌的佛像置之通都大邑的话，恐怕也就像中国古代的建筑一样，早经兵燹而荡然无存了”。考古学家阎文儒对此也深有感触：云冈石窟造像艺术今天之所以成为中华民族的宝贵遗产，是因为人们可以从这大批造像艺术中，见出当时社会各阶层的风俗习尚，为研究北魏阶级社会提供文献上所见不到的实证。

阿富汗国家博物馆，用一条穿越战火的横幅告示人们：一个国家，只有它的文化和历史活着，这个国家才活着。云冈，是鲜卑人留赠我们的一件百宝箱。云冈，是拓跋氏遗存于人类的一册全石化百科全书。

面对兀然如“横空出世”一般的云冈石窟，和窟中一尊尊一件件“奔雷坠石之奇，鸿飞兽骇之姿”的佛与物造像，你就仿佛沉浸在天方夜谭那样不可思议的神话仙界，仿佛步入“天机云锦用在我，剪裁妙处非刀尺”的羽化胜境。

一洞一窟一经书，
一龛一佛一世界。
一花一石如有意，
不语不笑也留人。

莲花，千年的莲花，濯洗、净洁、盛开如初；忍冬仙草，葳蕤、葱茏、荣而不枯。它们像信仰，像暗喻，像激情和想象，祥云般在佛国天空长满常青之色。护法神鸟折扇般的羽翼，开合、颤响、演绎人类天下大同的理念。人间梦寐向往的真善美，犹如净瓶花露，从飞天音乐般悠扬的甩袖、翩然而翔的衣袂中洒落。工匠们那一弓一挺的身影代表着时间的节奏，一弧一闪的手势是一袖比舞蹈更舞蹈的舞蹈，蓄满虔诚和力量的胸脯阳光般起伏跳动……滚滚红尘中走来走去的人们，像风带走田野上的果香，把石窟和大佛的故事传扬到世界各地、天涯海角。

一只小鸟，当它掠过你的视野时，它就是哲学的存在，录在你印象里的鸟影就是意识。而你的意识之鸟与存在之鸟不尽相同，也与别人头脑里的意识之鸟同中有异。

红梅绽雪，一帧令人眼睛为之一亮的新美。《红楼梦》里有“琉璃世界白雪红梅”的章回。踏雪寻梅，生活中一柬古色古香、超凡脱俗的相约。有人看梅花之艳，有人读雪之银灿，有人品梅雪之恋，有人望见寒意料峭的春天。

日本画家吉永小百合站在云冈“鸠摩罗天”之下，久久不肯离去，喃喃自语：这是东洋和西洋艺术的巧妙结合，就是希腊的雕刻与塑像，也难以媲美。

英国一位剑桥大学的教授，那双碧蓝的眼睛，被云冈第十三窟四臂大力士托举主像巨臂的奇特构图惊讶得又大又圆。他用略带生硬的中国话说：这是力学美的明珠，是力学的天才想象。

培根说数学是关于美的科学。出于对数学的强调，艺术从一开始就具有科学的成分，任何一门科学都贯穿了美学原理，每一种艺术的基座都是一朵科学的“莲花”。赫胥黎就曾把科学和艺术巧妙地比作是自然这块奖章的正面和反面：“它的一面以感情的形式来表达事物的永恒的秩序；另一面则以思想的形式来表达事物的永恒的秩序。”生物学发现的“双螺旋”，物理学揭示的原子“雪花状”，化学分子的结构式，都是精美别致的艺术品。

云冈从开凿技术到雕刻艺术的花蕊中，处处散发着科学的芬芳，云冈就是科学的结晶。据考证，当时开凿云冈的程序是：自上而下，先用器具凿出环状沟槽，再将整块石头撬起，高层由明窗取下，低处自窟门移出。采出的石料，被“一条龙”地用作北魏别处的建筑。性灵的“云冈石”，坚实地撑起北魏一座座雕梁画栋，亭台楼榭。云冈第五窟与第六窟两窟所隔之壁，仅有一厘米之厚，几乎就是一张“壁纸”了。石壁两边都雕满数寸大小的佛像。即使绘画，下笔若是重了，也随时会有穿透之险，何况此处是金石雕镂！

在周围一片啧啧赞叹和唏嘘声中，我听到这样的评论：云冈和长城一样属于奇迹……不，同属于奇迹，凿塑云冈与打造长城的初衷、用意和功利，却是显著的不同。

长城是为防御外侵而采取的一种无奈和消极的行为。云冈，则是一个民族、一个王朝自我心理和精神意志的物化。观照。塑造。刻画。凸现。一个成功民族成功的写照。炫耀。宣泄。一个强盛王朝强盛的明证。张扬。昭示。

而这一切，却是在“不着一字，尽得风流”意境中完成实现的。“书不尽言，言不尽意……立象以尽意”。云冈石窟把一个王朝无限的思想、无尽的语言和一个民族永远的灵魂雕进了一壁岩石，雕成了与人间相对应的丰富生动的世界。

“逍遥一世之上，睥睨天地之间”。站在云冈面前，我们在心灵感受到台风掠过般震撼的同时，不难读出那个横刀策马、力挽风雷，从远山脚下、大草原深处驰骋而来的名叫拓跋鲜卑的民族，他们在夺取丰功伟业之后，“车辚辚，马萧萧”，流露出的胜利喜悦。微笑。自豪。骄傲。轻松。自信……

《圣经·创世记》宣扬：“神说：我们要照着我们的形象，按着我们的样式造人。”拓跋鲜卑人反其道而行之——我们要按帝王模样去造佛。

黑格尔曾说：法国人有句俏皮话，上帝按照他自己的形象创造了人，但人也回敬了上帝，按照人的形象把上帝创造了出来——拓跋鲜卑人就是这种大无畏实践者。

兴安春日，北魏平城惠风浩荡，飞霞铺彩。流金泻银的永安殿吱呀一声，宫门开启，昂然走出早春二月那样风华正茂的文成帝。早已候在圣殿之外的僧人工匠海浪般跪拜：吾皇万岁万万岁。文成帝目光炯炯，亲谕圣旨：凿石造佛，如我帝身……

凿石造佛，如我帝身——云冈开窟造佛的宗旨、主题和本意，并辅之以宗祀礼制系列内容作形象化的诠释——拓跋鲜卑巍然把大写的人，雕塑在上苍与厚土之间。何等胆略和气魄！天地为之惊悸，鬼神为之俱泣！

凿石造佛，如我帝身——贯穿云冈石窟构建始末的一脉精魂——云冈魂，它的超强创造力和生命力，注定云冈在人类石窟苑中，以一枝出墙红杏的新美，惊艳世界。

魂即精神。古人说，“精神居形体，犹火之燃烛矣”。李可染曾用八个字精辟概括山水画创作的真谛：可贵者胆，所要者魂。康德对灵魂有一个经典和权威的定义：“心灵中起灌注生气作用的那种原则。”比如风之容颜，虽然不具绿水青山那样的可视性，但会通过树枝的颤动，麦浪的起伏，燕子的斜飞，云朵的舒卷……显现它的存在、作用和魅力。

康德后面的话，说得更为深刻，深刻得叫人惊心动魄：“某些艺术作品，虽然从鉴赏力的角度来看，是无可指责的，然而却没有灵魂。一首诗，可以写得十分漂亮而又优雅，但却没有灵魂。一篇叙事作品，可以写得精彩而又井然有序，但却没有灵魂。一篇节日的演说，可以内容充实而又极尽雕琢之能事，但却没有灵魂。甚至一个女人，可以说是长得漂亮、温雅而又优美动人，但却没有灵魂。”

依照帝王之身而雕造佛像，就是为云冈石窟灌注生气的“那种原则”。这一“原则”，使得云冈吸附了鲜活无比的灵魂——拓跋氏的领袖、鲜卑族的民族英雄，慨然与佛平起平坐，共享秋色。帝即佛，佛即帝，造佛为表，塑帝是本。庄严神圣的佛，传达、显示的是帝王精神。意志。风范。气概。力量。博大。

云冈魂——不仅仅是以帝王为模本而雕成尊尊佛像，而且在于把整个拓跋氏的心路历程、北魏王朝的时政气象、民族融合的历史态势，都一一包孕在其中。

云冈魂——终成北魏兴盛佛教的时代之魂，连臣民庶人也有资格“拟状金石”“随像拟仪”，为自己造像塑身。据史料介绍，太和十九年，有七女为其夫及儿女造三躯释迦佛像；山东青州佛教造像窟藏，不仅始于北魏，且以北魏时期造像最多、形体最大和最具代表，其中又以北魏永安二年一位叫韩小华的信徒为其夫造三尊佛像，最为完整和精美——“旧时王谢堂前燕，飞入寻常百姓家。”

云冈魂——流衍成为龙门之魂，统摄着龙门石窟的建造。景明初，世宗在“洛南伊阙山，为高祖、文昭皇太后营石窟二所……永平中，中尹刘腾奏为世宗复造石窟一，凡为三所”。

云冈魂——扇动御风凌空的翅膀，鼓搏河西、陇东的敦煌、麦积山和中原腹地的天龙山、响堂山等石窟，伴它飞升到一个崭新的界域。

拓跋氏帝王站在与佛比肩的高度，召唤芸芸众生：听从我的统治吧，我就是佛，我会广种福田，带你们走向无边的福乐……

当然，开凿云冈的意义不全部在于表达和抒发北魏王朝意志上，其与一宗“灭佛”事件、一场“兴佛”风潮密切关联。

太平真君年间，为镇压“盖吴起义”，拓跋焘御驾西征，途经长安一座寺院，触目惊心地发现暗藏的弓箭矛盾等武器、聚敛的财物和淫乱窟室。拓跋焘几乎是本能地意识到，鲜卑人茹毛饮血、筚路蓝缕打拼得来的胜利果实，正遭遇巢覆卵尽的险情。卧榻之侧，岂容他人酣睡。同时，他敏锐地认为，扼杀佛教、弘扬道教的契机正在降临。“天助我也”，拓跋焘激动得咬牙切齿。拓跋焘不愧是从刀丛剑林中突围冲杀出来的王者，他目光如鹰，断若迅雷，剑锋直指佛教，一切做得干净利落。在一片灭佛的黑色恐怖中，国中多少塔寺纷纷坍塌，佛像经卷焚烧一炬，“莫不毕毁矣”。

太武帝拓跋焘遂以“三武一宗”灭佛的“第一武”，成为中国佛教史上向佛教发难的始作俑者，并开了权、佛之争中以权灭佛的先例。

佛家不幸道家幸。太武帝灭佛兴道，成为道教生涯的一次重大转折，从此中国道教由微而盛，由弱而强，旗鼓相当地与儒、释抗衡，终成三教鼎足之势。赵朴初在将佛教与中国文化的关系作了一番对比研究之后，振振有词道：魏晋南北朝以来的中国传统文化已不再是纯粹的儒家文化，而是儒佛道三家会合而成的文化形态了。

推陈出新，不破不立；“山高月小，水落石出”。太武帝灭佛的动机终于浮出水面，谜底昭然揭晓。灭佛为了兴道，兴道为了正名。梁启超一语切中要害：“北魏太武帝、北周武帝、唐武帝（宗）三次摧残佛教，其动机都因与道教争风。”拓跋焘要以剑的名义向世人宣告：奉道教为信仰是作为黄帝苗裔正统血脉的必然选择。

“万物皆有两端，当心错的那一端。”“灭佛”是一柄双刃剑，灭佛风暴卷过，朝野上下谈“佛”色变，噤若寒蝉，生龙活虎的北魏王朝被一片铅灰色的沉闷和寂寥所笼罩，这不符合鲜卑人性格，不利于鲜卑大业向前推进。加之，灭佛之后的数年，北魏陷入多事之秋：三朝重臣崔浩被诛，太子拓跋晃不白之死，太武帝拓跋焘无端变疯……人们议论纷纷，疑是灭佛招致的报应。北魏王族深受刺激，不寒而栗。于是，七年后出现强劲反弹，一经即位的文成帝，第一件大事就是矫枉过正地来一个大肆复法兴佛，且一呼百应，势如春潮带雨，迅捷营造出“天下承风，朝不及夕，往时所毁图寺，仍还修矣，佛像经论，皆复得显”的盛况——欲使从月亮上带回的石头重现清辉，最好是把它再放回到原处。“流波将月去，潮水带星来”。冬天从这里夺走的，春天会加倍地送回来。

文成帝此番“兴佛”，十分的用心良苦。他“明修栈道，暗度陈仓”，责令实施者按照皇帝形象在云冈凿窟造像，实质上“兴佛”即是“兴帝”。这样一来，就极为巧妙地消弭了佛与帝的对立，成功化解了二者之间的芥蒂。那尊“兴安石像”，甚至将文成帝拓跋濬脸部和脚上数枚黑痣，按比例再现出来。后沙门统昙曜主持在武州山云冈“开窟五所”（即今第十六、十七、十八、十九、二十窟）时，就秉承文成帝旨意，对应拓跋鲜卑五个帝王——道武帝、明元帝、太武帝、景穆帝、文成帝，逐一而雕造了五座主像。

“不畏浮云遮望眼，只缘身在最高层。”文成帝“帝佛合一”的理念，虽接轨于华夏“天人合一”“天人感应”的传统思维，然而却更为响亮，更为旗帜鲜明。萧何曾向刘邦进言：“天子以四海为家，非壮丽无以重威。”文成帝在武州山为五个帝王开窟造像，把“天人合一”的思想推向了极致，也使天子之威飙升到登峰造极、无以复加的高度。

昙曜系西域高僧，太武帝灭佛之时，逃匿民间。但他菊残枝傲，岁寒松翠。身如芭蕉，中无有坚。“法服器物，不暂离身。”期待灭佛的噩梦驱散，重现佛光普照的天日。

文成帝复法兴佛、召见昙曜的圣旨传来，他呜呜然好生痛哭一场。丈夫有泪不轻弹，只缘未到伤心处。之后，打点行装，星夜赶赴京城。

昙曜并未急于入朝拜见文成帝，而是径直来到心目中的灵岩圣地武州山。他仰望山顶那片金光闪闪的落霞，望成一件披在武州山身上的辉煌袈裟。昙曜烛然如见印度的灵鹫山、敦煌的三危山，还有师父师贤、前辈法果和莫高窟的创始和尚乐樽。并透过太武灭佛的血案，冷静深刻地悟出一条道理：佛要生存兴盛，只能与皇权相生，而不可相克，否则，皮之不存，毛将焉附。昙曜顿觉心牖洞开，眼前雪亮，一片佛光梵影如千朵万朵莲花在身边绽放簇拥，他便双手合十，默默誓发宏愿：“于京城西武州塞，凿山石壁，开窟五所，镌建佛像各一。”

于是，“端州石工巧如神，踏天磨刀割紫云”，山下数十里的武州河畔就爆发成一片欢腾的海洋，不论烈日烘烤如麦芒刺扎的白昼，不论七颗北斗星像古莲一样绽放的长夜，就熊熊不灭地震响起了叮叮当当的金玉之声、钟吕之鸣——一支比音乐更音乐的音乐……

于是，大佛的一颦一笑、莲花的一舒一展、飞天的一屈一伸、琵琶的一弹一拨，就在凿凿琢琢、平平仄仄的节奏和韵律中，深入浅出地清晰起来。明亮起来。生动起来。或“石含玉润，鉴照映彻”。或“鳞甲飞动，每天欲雨”。或“天衣飞扬，满壁风动”。或“娟婵春媚，云雾轻笼”。或“庄如羿射九日落，矫如群帝骖龙翔。来如雷霆收震怒，罢如江海凝清光”。或“高华则朗月繁星，雄大则泰山乔岳，圆畅则流水行云，变幻则凄风急雨”。并以生机盎然的光芒，照耀脚下春来秋往的土地、头顶上斗转星移的天空，还有身边流动不息的风。

有感于此，我曾在《谁能读出大佛眼睛后面思绪的火焰》一诗中想象：

文成帝拓跋濬御旨
雕石造佛　如我帝身
摄行坚贞　风鉴闲约的
昙曜　会心而笑
两人的手紧紧握在一起　握成
帝与佛的完美璧合　握成

光天华地的昙曜五窟　握成
辉煌千年的云冈　握成
灌注云冈不朽生命的云冈魂
云。冈。魂。

文学的颜色

文学，是关于人及其生活的艺术科学。人，及其生活，再没有比之更深刻更伟大而永恒的主题了！人与生活及其赖以生存的伟大的自然，构成永远的历史，永远的现实，永远的未来，永远的美。

文学既是一种个人情绪的自我表达，更是一份真善美的自觉传递。

文学不是真理，却可以帮助我们认识真理。文学虽无驱散生活中黑暗的魔力，却是点亮生命之光的火苗。

文学以力量的方式存在与显现。这力量像一朵无形无色的风，隐蔽在时间深处。白昼是一只眼睛，黑夜是另一只眼睛。白昼在事物表面晃动，黑夜在事物深处歌唱。

文学艺术是一个民族心灵的营养素，是一个国家的精神维度。

一个民族要有自己的文化自信，一个作家要有文学创作的美学自信，那就是真与善。

那么，文学的意义，便是通过个性的艺术探求，表达对人及其生活的关切与揭谛。

文学，或如诗歌或如小说，作为艺术的意义，其在于“使看不见的东西被看见”，甚至将现实生活中本来没有但可能会有的东西呈现出来。

没有诗就没有历史，自然也不会有未来。

文学是生活的观照，却不是复制生活。柴火燃而为火，火又生成焰。红色为火，蓝色为焰，最强烈的光焰甚至无色。

生活的河流永恒奔腾，文学的歌唱就不会喑哑。

文化是一只看不见的手，导引着一个人的言谈举止。形形色色的文化产品和文学艺术作品，从来不等同于文化，虽然它们是文化的重要载体。

流过我们心灵和记忆的不是塞纳河、尼罗河的涣涣河水，而是浸润其中的灿烂文明与文化；孔子耶稣释迦牟尼苏格拉底牛顿笛卡尔荷马但丁名字符号后面，是穿越时空的思想、科学、文学艺术光芒。

文学，弱者的选择。不，文学家将自己绚丽的才华智慧，转化为穿越时空的艺术力量。人们只有在文学艺术的天地里，才能找到原真自己，才能呼吸到清新至纯的空气，才可使化装的人性得到回归复原，让灵魂有了安顿的可能。

文学是作家思考的重要器官。“我思故我在”，思考是人存在的证明；“不经思考的生活是不值得过的”，思考赋予原状的日子以人性，使之变得精细而美丽；“人类一思考，上帝就发笑”。上帝站在先知先觉的世外高度，对人类的思考自然不屑一顾。可是，无论上帝采取怎样的态度，思考，应为人的自觉，更是作家的一份担当。

形象化、意象化是文学思维的鲜明特征。把心灵的卧室腾空，好让月光更多地照进来；照着月光睡眠，梦外明亮，梦里灿烂。

美是艺术的灵魂。艺术是美的载体，画一条黄金分割线，横亘在艺术与非艺术之间。艺术圣坛姹紫嫣红，有一景争奇斗艳，那便是文学。只是别忘了思想，一脉新锐独特的思想，让文学艺术灌注更深邃而久远的力量。

生活孕育文学，文学反哺生活。文学发现美的触角，不回避生活中的丑，却不展览丑，不欣赏丑，不借丑发泄自己的情绪。作家感情不隐蔽倾向，勇敢地揭露丑，批判丑，鞭挞丑，以之衬托美，放大美，呼唤美，启迪人们发现美，热爱美，珍视美。

生活可以比作一株苹果树，只是文学艺术并非花枝树状的摄描，那一枚枚曲线圆美的苹果，以及削去青色或红色的苹果皮之后，为你呈现鲜嫩的果肉和生命勃动的苹果籽。

历史就是当代史？不，那是六经注我，非我注六经。在历史面前，我们永远是个幼稚的小学生。作家和学者，须怀一颗敬畏之心，像敬畏神，敬畏佛，敬畏祖宗那样，轻轻地弯下腰来，或是蹲下身子，拂去时间的落垢尘屑，用民族的纯粹的文字，屏声敛气，掬水映月，将历史一笔一画地呈现出来，像小心翼翼地触摸和捧奉一瓷千年的陶罐。

生活飞溅的一些悖论浪花，在文学多棱镜折射下，形成多姿多彩甚至矛盾撞击的张力，但不可用逻辑之刀去考量与裁切，那样会割伤活生生的现实。

目的性有两种：一种是做事情的目的，另一种是做事情本身。对于文学艺术，我更热衷后一种。

一切语境皆情境，一切观念思想皆语境之物。任何一株花草之彩，必然折射一抔泥土的养育之辉。

歌颂中有批判，批判中有歌颂，歌颂与批判都是文学创作的手段。正如任何手段都不是目的，文学的歌颂和批判目标的一致性，在于让生活变得更加美好。

金鱼啜一口水，再吐出来，是不是在反哺大海？一啜一吐中，大海波涛着鲜活，金鱼游弋着美丽。这或许能够帮助我们理解作家与生活的关系。

不可为了人物而生编硬造环境，要写出环境对于人的强大作用，以及人物身上环境刻塑的深深烙印。人与环境，如同一株植物与一坨泥土的关系，自然而亲密。福楼拜说：要像写历史一样写普通人的生活，不要试图使你的读者哭、笑或者恼怒，而要像大自然一样使他们插上梦想的翅膀。

童心是天真无邪的象征，作家要用一双童真的眼睛打量和感知事物，原真地呈现世界。而解读世界，却需要哲学和宗教的成熟思想。

写作，是一旅漫长的远足与修行。孤独，忍耐，像花蕾绽放前的沉默。心灵的羽毛总是在寂寞中变得丰满，智慧的光芒，也总是透过寂寞的云层照射出来。

编构一篇生活故事，或从故事的缝隙里发现诗意与思想，决定了两种不同的文学效果。

虚构是生活的艺术真实，是文学创作的基本艺术手段，绝不可以与撒谎混为一谈。虚构，只许限于文学创作，而绝不可用作现实生活。

写作如修禅，如做佛事。怀一颗佛心吟文咏章，遣词造句，其文必善，其词必真。

作家的叙述语言是作家风格的表露，作品中人物的对话则是人物自己的个性化语言，二者必须泾渭分明。

听:“每一个不曾飞舞的日子，都是对生命的辜负”，这是尼采的声音;“杀了我吧，不然，你就是凶手”，这是卡夫卡的口气;“真正的战士，就是在最后一场战役中，射出最后一颗子弹”，这是巴顿的发声。

当写作成为习惯之时，事实上她已然植入了你的生活，成为了你的一种依赖，就像花草无法剥离春雨的浸润，就像河流热血般奔淌于大地。

语词有色彩、温度，常常需要沉静作铺垫，有时屏气敛息，憋得脸红心跳。好让后面的情感爆发，像礼花瞬间绽放，而不可让前面的色彩和分量抢了风头。

激情和冲动创造奇迹。即使没有目的性的激情与懵懂单纯的冲动，恰恰构成艺术的源头。张旭醉酒后的书法，是他清醒后的理智不可想象的。成熟和强烈的目的性，比如意在笔先的美学理念，往往会造成艺术的伤害。

一个民族出现一部伟大的作品，最终将引领这个民族文学跃升到一个新的高地。

作家的作品，应该是历史波涛在作家心灵回音壁上拍打出的声响，是作家灵魂和良知回应生活的忠实呼吸。

用思想和才华写作，必得作品深邃而雅美。

判别一篇文学作品如何的朴素方法，就是看读后能否留下深刻印象。读过即忘的作品，无论罩有多么绚烂的光环，都若一片金烟彩雾，经不住一风吹散。

曾看到一联“好书悟后三更月，良友来时四时春”，何谓好书？好书何处有？文字爆炸，书报纷飞，端的是乱花渐欲迷人眼，读时方恨好书少！

阅读是最划算的“生意”，一方面可以获取知识营养，陶冶情操，另一方面可让心灵得到安顿。比起肉体，心灵更需要爱抚，而读书是滋养心灵的最佳良方妙丹。

读书，心灵的瑜伽修炼，灵魂的春雨滋补。沿着文字的甬道，走进一片布满童话风景的林地，一颗红尘浮动的心顿然便会宁静下来。现代管理学之父布鲁克 90 岁生日时传授长寿秘诀：每五年重读一遍莎士比亚。心灵需要常态美育，灵魂必求无限升华，唯灿烂的灵魂之花，方可孕结丰满健硕的肉体之果。

时间的价值在于使用。时间用于阅读，会放射出最鲜艳生动的光芒。

阅读，需要深厚的视力，这视力，不是来自眼睛，而是阅历和思考力。

一个古老的故事，会在不同时间不同地点读出新意，这既是历史的魅力，更是阅读的神奇。

评论家剥茧抽丝的品鉴，是作家柳暗花明前行的一束光照。

如果每一个作家，都在读者那里开有一个账户，那么作家每发表一篇作品，都要当作一次艺术价值的储蓄，而切莫透支读者的期望和喜爱。

生命苦短，而有些作家的作品却太长。竟有人面无表情地说：对不起，我没有时间写短。

一个作家在市场盆满钵满的时候，心里是否会被失落和困惑填满?

作家知名度的支撑一定是凭借他的作品，而不是靠什么花边新闻秀出来的，也与任何绚丽的光环最终无关。真正的作家一定是因为作品经典被读者记住，而不应该是别的什么原因。事实上，一个作家只通过自己的作品与读者相遇，方能使自己的名字成为作品的一部分。

获奖可以提高作者的知名度，却无法提升作品的艺术质量。

文学活在人们的阅读当中。作品不是为奖项诞生，而是为读者活着。记住作家的作品，比记着作家的名字更有意义。

奖掖“在过去一年中，为人类作出最伟大贡献的人”，构成诺贝尔的殷切期许，而其中的文学奖，则是要颁给“在理想的趋向上生产出最杰出作品的人”。何为“理想的趋向”和“最杰出作品”？那就是诺贝尔对自己最喜欢甚至不惜仰慕的瑞典诗人维克里德堡的赞美:“灵魂的高尚和形式的美好。”

“灵魂高尚”和“形式美好”，既是诺贝尔文学奖的具象标尺，更是作家的终极向往与追求。

文品是人品的反映，作家的人品和文品理应相一致、相统一。作品，往往就是作家的一张脸。

一个真诚善良有责任感的作家，其作品一定弥漫温暖人心的力量。

作家灵魂的每一声歌吟，便是人世间所有生命的合唱。

不是所有的云都那样透明；不是所有的远方都画着风景；不是所有的人，都挺着脊梁在大地上行走。

最浅又最深的河流

一

面对诗，常常陷入巨大的茫然和困惑，就像迷失在一座辽阔清冷的雪夜。

我几乎是一次次地问自己：诗为何物？就像问一条最浅又最深的河流。博尔赫斯说："首先，我把自己看成一个读者，其次是一个诗人。"我这样发问的时候，我知道我是站在了一个读者的立场。

生活中，一个人走着走着，如果停下来，环顾一下四周，想一想要去哪里，那一定也是很有意义的。

史蒂文斯说："诗的理论就是生活的理论。"噢，诗的理论竟然具有如此的分量——我们生活中必须承受之重！博尔赫斯曾"猜想"诗与散文之区别："并非如许多人所宣称的，是在于它们截然不同的词语组合，而在于它们各自以不同的方式被阅读这一事实。读来仿佛是诉诸理性的篇章就是散文；读来仿佛是诉诸想象的，就会是诗歌。"

仿佛是在一个中国墨一样黝黑的夜晚，谁的手里划着了一根火柴，使我们倏然看清了桌子上斜放着的一张白纸和那一支熟悉的笔。博尔赫斯几乎是用一种极为简单却又天才般的逆向"猜想"，举重若轻、深入浅出地划清了诗与散文的界限。

阅读比写作更深刻，更终极，更具有说服力。

我喜欢博尔赫斯的诗歌，就像喜欢史蒂文斯的诗那样。这两位大师对于诗歌的弹奏，有着异曲同工之妙，其中浸透了诗意的慧智。

永恒的母亲
为什么你的薰衣草乳头
流出了蜜汁？

一种观察世界的练习
关于动机！但人们眺望海
就像在钢琴上即兴弹奏。

——这是史蒂文斯。

他们从遥远的烟尘里辨出
大车或马群
而夜露使香蒲明艳闪烁
这光辉给他们带来快乐。
……而乡村是陷入了他们爱情的女人
他们的日子高远
由天空与平原铸成。

一家烟铺像一朵玫瑰，熏香了

荒野。暮色已深入了昨天
人们共同担负着一个幻想的过去
缺少的只是一样：道路的对面。

——这是博尔赫斯。

我喜欢博尔赫斯的诗，胜过读他的小说和散文，虽然他的小说获得的赞誉或许超越了他的诗。

我之所以提出什么是诗的“天问”，一个原因就是有感于时下诗歌界热闹而沉寂，一些诗人无芳而自赏的窘境。一批曾经有过作为的中老年诗人，偶有作品，却无新意，以致失态和失语。而更多的青年诗作者，盲目追求标新立异，“为赋新词强说愁”，作品不是无病呻吟，便是生编硬造。诗歌，由于冷落了读者而终于冷落了自己。

写不下去的时候，就停下来，站在读者的位置，读一读自己和他人的作品，思考一下什么是诗的问题，或许我们会悟出一些什么，从而找到新的写作视角，进入新的写作状态。

二

诗与小说，有一个鲜明分界：小说初写难，越写越容易；诗歌初写易，越写越难。这使我想到福克纳坦诚的自白：“我是一个失败的诗人，也许小说家一开始都想写诗，后来发现写不好，才尝试短篇小说。”

诗营造的是一个想象世界，里面开满了“妙处难与君说”的意象之花。阅读诗与阅读散文无法相同。诗为你提供一个感觉、体悟和品味的“意象场”。这时，诗人与读者的亲密，就像“如来拈花，迦叶微笑”那样的默契和会心。

诗的世界是一个鲜活的、生机勃然的世界。正是这样，一首诗不仅仅是一个审美的世界，更是一个活泼的生命。

我曾经为《诗刊》写过一篇理论文章《审美意象与诗的灵魂》（原载《诗刊》1995年6月），其中的理论观点，是我现在仍持坚守的态度。诗的建筑材料是意象，诗的生命力和感染力在于诗的灵魂。抽象的理性的说教不可入诗；意象横生、语词乱拼，以其昏昏使他人不知所云之作，当扫之以非诗之筐；而一首没有灵魂的诗，就像一朵塑料花，它可以骗过人的眼睛，却骗不过一只蜜蜂的嗅觉。

“一首诗可以写得十分漂亮而又优雅，但却没有灵魂。一篇叙事作品可以写得精彩而又井然有序，但却没有灵魂。一篇节日的演说可以内容充实而又极尽雕琢之能事，但却没有灵魂。甚至一个女人，可以说是长得漂亮、温雅而又优美动人，但却没有灵魂……”这是康德在其哲学名著《判断力批判》中的一段话，说得何其深刻，深刻得叫人惊心动魄。灵魂是“起灌注生气作用的那种原则”，移植到诗里，那“无非是显现审美意象的能力”。我们谁都没有看见过风之容颜，却可以通过树枝的颤动，麦浪的翻滚，燕子的斜飞来认识和想象。

三

马尔克斯认为，小说是用密码写成的现实，是对世界的揣度。如果我们把文学看作幻想的产物，如果说文学就是幻想的产物，那么，诗歌干脆就是心灵的录照与折光，跃动着强烈的主观色泽。事实上，所有艺术品都该是心灵世界的产物，因为只有心灵才可以感动心灵。

我的意思是，诗歌是最难的艺术，属于艺术的艺术，是艺术的精灵，就像蓝色的“焰”之于红色的“火”。如果我们把自然认知为第一界面，把心灵划作第二界面，那么，诗便是第三界面，它撑开了一片超自然、超心灵的艺术天空。

现实与想象的时空转换与交错，总是成为诗人们热情的选择与探险。这时候我发现，风的旋律，云的舞影，海的梦，雪花的好奇，火焰的情欲……与诗人的幻想是如此的相似，以至于诗人的想象及其篇章总是充满狂烈的跳跃和飞扬，展现锦缎般的华美绚烂与流光溢彩。事物的可能性和秘密有意思的是在于诗人心中早已孕怀躁动着某种渴望表达的欲望（心象），当这一欲望发现外界某一对应物（物象）时，就会像蝶恋花一般，不顾一切地飞舞过去，并与之忘情相拥，胶也漆也；而自然界的景物，这时便幸运和幸福地成为了某种象征与载体。

四

“当你静听音乐或观看一幅画时，你可以自由自在地想象；而当你读一本书时，你却成了作者思想的奴隶。”——这是绘画大师高更诉说的阅读体验。

“倾听”是另一种阅读方式，而且是更优雅能动的阅读方式。海德格尔的哲学文本里有一个颇为响亮的词“倾听”，甚至“倾听”有时就是他关于“思”的别解。海德格尔常常以倾听的姿态讲析荷尔德林的诗歌，那情景犹如倾听“泉水怎样从银色的圣器里潺潺流出……”

艾略特在诠释其名篇《四个四重奏》中“那个声音”主题时，也一样借助“倾听”作了诗意的处理：很深的声音是听不见的，但只要你在听，你就是音乐。音乐，是的，诗歌在剧场产生艺术效果，须臾离不开音乐。不，我不是说借助诗歌之外的音乐，即使是背景音乐；我是说诗歌本身的韵辙、旋律、乐魂，这也就是我们常常把写诗叫作吟诗、咏诗、诵诗、唱诗的理由。

诗歌从诞生开始就具有音乐性，正如音乐是诗歌的声像呈现。音乐是诗歌的血液，这血液，从诗人心泉里流出去，经过读者的心灵，又流了回来。

事实上，每个人的心里都有一汪音乐源泉，诗人的职责在于使读者和听众的心泉沸腾起来、飞扬起来，波光涟漪，霞彩虹霓。创作适合倾听的诗歌，远比“平面”视读的诗歌更高难度、更具挑战。这是阳光下的辗转腾挪，不是月色朦胧中的长袖起舞，容不得半点伪饰与虚假。

龚相《学诗》说：“学诗浑似学参禅，悟了方知岁是年。点铁成金犹是妄，高山流水自依然。”高山流水自是一界艺术境域不论，其优雅曲线形态的背后，是声音，是音乐，是天籁……

诗，一座禅房，走进去，心灵便会得到安顿。“不要眼睛闭着／就说世界一片黑暗／即使乌云密布的夜晚／大地也有灯光闪耀／纵然没有灯光／眼睛也是一种光明。”诗人们，我把这几行诗句抄给你们，以表达我对你们的由衷的敬意。

当河流成为传说

我知道河流

我知道那天地般古老的河流

它们比人类血管中流淌的鲜血更为古老

我的灵魂变得和河流一样深邃

——美国“黑人桂冠诗人”兰斯顿·休斯河流一般轰鸣的吟诵，常常海浪般拍打着我心胸的岸壁，尤在夜深人静时分。

我知道，我知道河流，那灌溉我们生命的河流，跟随在我们身边日夜歌唱的河流，一条一条，银鱼一样正离我们远去。没有了河流，日子就缺少了诗意，缺少了欢乐浪花；生活就缺少了畅美曲线，缺少了生命的灵动与灵性。

河流是地球最早的生命元素，中非波桑歌人传说：太初只有黑暗、水和伟大的天神奔巴。一天，奔巴胃病发作，首先呕吐出太阳。太阳灼干了一部分水，留下大地。接着，奔巴又吐出来月亮、星辰和一些动物：豹、鳄鱼、乌龟……最后吐出来的是人。墨西哥和中美洲的玛雅人这样描述创世情境：那时只存在海洋、天空和造物主。造物主创造了土地、山岳、树林和大多数动物。但他不快活，因为没有赞美者。动物不能说话，于是才创造了人类。

温度升高，气候异常，物种灭减，都可在水那里找到科学而权威的答案。

水决定生命的温度，温度决定人的健康，决定世界万物的生死存亡。高达一定温度，金子也会融化。水是空气调节剂，调谐着宇宙间的温度与湿度，影响着人类的情绪和心态。当代人心境浮躁，焦虑，纠结，易怒，中医说肝火旺盛，皆与干燥紊乱的气候有关。人体与地球表面平均温度分别应为摄氏 36.5 度和 14 度，升至一定高度，世界就可能重新洗牌，面目全非。乞力马扎罗雪山，已经大面积融化。雪山消融，还会有雪莲盛开？还会有雪域奇观？

蓝蓝的天上白云飘，白云下面马儿跑……缺水，天上的云彩也会变得稀薄，颜色没有从前那样鲜亮。这些年，草原上空的白云瘦了许多，不再像肥硕的羊群那样绵绵滚动，无边无际。缺水，使得一些曾经绿草丰茂的地域，被光裸和荒芜覆盖，而沙漠得意地吹着呼哨狂舞蔓延……

缺水，常常令北方因无雪之冬而陷入寂寞与困惑。中国北方，冬天大雪丰收，一如江南稻花飘香。燕山雪花大如席。中国二十四节气有大雪、小雪两个席位。飞雪迎新春，瑞雪兆丰年。正月十五雪打灯，八月十五云追月，那一定是好年景的吉象。“忽如一夜春风来，千树万树梨花开。”“欲将轻骑逐，大雪满弓刀。”“战罢玉龙三千万，败鳞残甲满天飞。”……一腊三白，而今落一场像样的雪，几乎成为了一种奢侈。

地球，宇宙间一朵最美的花，只是缺失了水，地球之花也会枯萎凋谢，像秋风里飘零的一瓣黄叶。中国曾经美如神话传说的楼兰，最终成为了被沙漠掩埋的永远的传说神话，水源破损是大自然法庭最严正的指控。当年楼兰受惠于塔里木河和孔雀河，像一柄折扇，打开一片广阔的冲积平原。公元 4 世纪后，却突然香消玉殒，坠若流星。公元 630 年前后，唐玄奘西天取经归来，这座“东方庞贝城”，“城郭岿然，人烟断绝”。任何黄金和白银，翡翠和钻石，在水的面前，都将黯然失色，一文不值。或许楼兰的消失震惊和警示了西域另一座古城尼雅，于是在这里诞生了世界上最早的“森林保护法”。

美国刘易斯·托马斯以一曲《细胞生命的礼赞》谱唱:“站在月亮上远望地球，让人惊讶得敛声屏气的是，它活着……看上去，地球就是一个有组织的、自成一体的生物……”是的，地球是一个巨大生命，其水脉犹如人之血脉，其造水功能如人之造血功能。通则不痛，痛则不通，中医之道切中地球之脉。肆意建筑，疯狂采掘，令地球血脉阻断，遍体鳞伤；“美人首饰侯王印，尽是沙中浪底来”。人类采掘地球里的所谓金银铜铁，无异于伤及人体的红细胞白细胞。昔日井筒，舀出一瓢水转瞬间即可补平溢满，如今水位日渐下降，总有探底穷尽之时。

水缺乏与水污染，两把悬浮在达摩克利斯头顶的利剑，日益威胁着人类的生命。

今日非洲，每年有多少花样的儿童，刚刚伸展绿色手臂和绿色希望，就被缺水的利爪摧折掐断。而名目繁多的核污染化学污染，更使地球母亲毒素浸淫，痛不欲生。楼兰的消逝是可悲的，可怕的是人类正在滑入楼兰怪圈——“地球上最后一滴水，将是人类自己的眼泪”；当河流成为传说的时候，人类距离挽歌响起还有多远?！美国物理学家普·巴克实验证明:一粒一粒堆沙子，堆至一定高度，即使落下一粒，也会导致整个沙堆坍塌，那情形正如阿拉伯谚语所说:压垮骆驼的最后一根稻草。

美国有句诙谐的话：上帝和整个宇宙玩骰子，但这些骰子是被动了手脚的。法国有一则幽默：伦敦有个皮鞋匠，手工皮鞋做得格外好，只是交货日期略显长。一个顾客就抱怨说：上帝造一个世界才花七天，你做一双皮鞋怎么需要这么长时间？皮鞋匠把顾客拉到窗口，指着外面说：你看看上帝造的这个世界，再看看我做的这双皮鞋……——这上帝不是别人，正是人类自己！一堵倾斜的墙，所有人都不希望其垮塌，可它毫无悬念地倒下了。极富讽刺意味的是，散落的零砖碎瓦上，印有现场每个人的指纹。

生命有尽而宇宙无涯，以有限之胃去贪欲宇宙浩瀚之广，是人类一个致命之伤；人类层出不穷而地球终究有限，以一星之体，承载人类无限索取与消费，是地球的一个无言之痛。黑洞般的欲望驱使下，人类将上帝播种的欢乐，践踏得如同暴风雨摧残过的荷塘。“假如我们所有的人能严格按照自然的要求生活，我们的生命就能像宇宙万物那样的永恒”，罗素说这句话时，我看见，他目光忧郁，眉锋锁满悲戚与无奈。

夜读“克里希那穆提”，眼前浮现一幅N维图像：一滴水，倏然发现河流奔错了方向。它大声呼喊：回来，不是那边，是这里……但是，它的声音被大河汹涌的呼啸淹没了，吞盖了。

一滴水，一颗琥珀色的泪珠，在历史的眼角沉重挂着智慧与光芒……

动物对地球亿万年的管理是成功的，是人类使大自然变得伤痕累累，满目疮痍。尤是工业文明，一个人类社会发展的怪胎，冠之以“文明”，实乃对文明的讥讽与亵渎。安东尼·吉登斯将工业文明开创的“现代世界”，沦为人类文明“大断裂”的标志：它绝非任何一种人类文明形态和传统（比如希腊—罗马文明）的发展与延续，却是“上帝发错了牌”的唯一注释——军事暴力和伪科技非科技掠夺所造成的世界“失序”……

世界宗教会议《走向全球伦理宣言》：“我们的世界正在经历着一个根本的危机：一场发生在全球经济、全球生态和全球政治中的危机。……对于种种新的挑战，有太多的回答已过于陈旧。”“我们的星球继续在遭受无情的掠夺。生态系统的崩溃正在威胁我们。”来自全球的1575名科学家于1992年同声发出《世界科学家对人类的警告》：人类和自然正走上一条相互抵触的道路。

约旦学者哈桑王子呼吁对贫困作重新定义：“应当从人类生活条件，而不是物质财富的角度。”不，如此定义，仍属隔靴搔痒。地球资源减少及受损程度，才是贫困的最后定义。讨论全球化是重要的，但正视“人与地球的关系”，确立“天人合一”思维比重要更重要。天道精微，四时密致。社会法律与自然法则一旦抵牾，人类必须放弃自身利益与尊严，无条件捍卫地球的神圣性。地球是所有生命须臾不可游离的依赖，皮之不存毛将焉附！纵有诺亚方舟可乘，宇宙间能觅第二颗蓝色星球？可有和平鸽翔飞，橄榄枝鲜绿？

李约瑟之谜：为什么工业革命没有发生在古代文明先进的中国？答案：西方价值观孵化的工业革命，锋芒直逼大自然，暴力索取，贪婪征服，带给生态环境累累创伤。而中国以“天地与我同根，万物与我一体”为宇宙大观，追求天人和美，对大自然充满人文关怀。中国古代四大发明中，贯注着中国传统伦理道德，包括阴阳五行，儒道精神；充溢着丰沛的东方文化气息。即使火药，也只用之作迎春的爆竹，以点燃生活诗情，烘托节日气氛。只有中国的伦理思想，才是纠正西方偏斜失衡的法宝——李约瑟幡然醒悟道。

真科学与伪科学如何甄别检验？——是否有利于人与自然和谐相处，是否有利于人类社会可持续进步。

美国海洋生物学家雷切尔·卡逊，潜入“海风的下面”，酿成一部文学作品《寂静的春天》，发射一枚惊呼生态环保的绿色信号，催生了“世界地球日”的设立。因其与牛顿、爱因斯坦一样伟大，遂获得美国公民最高荣誉奖“总统自由奖章”：

人们会打开紧闭的门窗向外张望，今日的春天是否寂静？明天的春天是否会寂静？

不要说改变大自然

大自然已足够美丽

丑陋或许是我们自己

不要滥用改变这个动词

大自然已足够经典

改变应当是我们自己

歌德表情凝重，声音略带沙哑：大自然从未犯错误，犯错误的是人。

恩格斯举着一棵枯黄的小草喟叹：不要过分陶醉于我们对自然界的胜利，每一次胜利，自然界都会对我们进行报复。

夜深沉，是谁弹响波兰女作曲家巴达尔泽夫斯卡 18 岁谱写的钢琴曲《少女的祈祷》？何处传来圣诞歌曲《平安夜》：平安夜，圣善夜！万暗中，光华射，照着圣母也照着圣婴，多少慈祥也多少天真，静享天赐安眠，静享天赐安眠……

我知道河流，我知道人类只有在河流的歌唱声中，才能找到安宁与幸福……

去云冈看云

去云冈看云，看云冈之云。

云冈，一座辉耀世界的石窟造像，出自中国第一个少数民族政权一千六百年前北魏王朝的皇家手笔。其开凿在今日大同西郊武州山崖壁，史称灵岩石窟寺。云冈石窟是明代以后的称谓，云冈之名，最早见于明嘉靖四十三年的《重修云冈堡记》。

初，武州山崛起生成，大地随之孕化了一片云冈云，抑或是造物主播撒了一粒石头种子，仙然入土，生根发芽，又受了云冈云的恩润惠泽，遂长就了灵性的武州山。不，干脆就是北魏王朝的开创者——游牧民族拓跋鲜卑人，把故乡嘎仙洞上空的云，穿越茫茫草原，一路带将而来，那情形如同牵着一叶飘飘忽忽、绚美多姿的风筝，或者像传说中刘邦头顶上的七彩祥云，如影随形，挥之不去。

《辞源》诠释云冈说：山势逶迤，若一抹青云。

山，有仙则灵。武州山之仙，便是一片云冈云。

武州山系拓跋鲜卑人的仙山灵山，从北魏道武帝拓跋珪到明元帝拓跋嗣再到孝文帝拓跋宏，都留下了车轮滚滚、华盖锦簇奔武州山祈福的历史记载。

大同，曾为北魏王朝的皇都平城，或许因与云有未了之情，故民间亦称云中。清朝初年，宣（化）大（同）总督佟养量奉圣上之命，为云冈石窟构筑四层楼阁，以作护卫。阁楼建成，题匾额“大佛阁”三字，觉意犹未尽，又令阴刻楹联：

佛境佛地乘建佛心成佛像；

云山云岭带将云水绕云城。

云为山川之气，是山河大地吐纳呼吸生成的精魂。云冈初建其时，武州山一带植被天然，水草丰茂，郦道元《水经注》有证：“武州川水又东南流……山堂水殿，烟寺相望，林渊锦镜，缀目新眺。”我数次来访云冈，就为看云，看武州山的云，看云冈的云，看云冈石窟身后的云，看云冈大佛头顶的云，看云冈上空的朝霞暮彩，春云秋气。看到着迷处，竟恍恍然入了庄周化蝶意境，身有翩翩欲飞之态……

天空青蓝，高阔辽远。一朵状如白莲花的云蕾，在云冈石窟的山顶灿然绽放，那花瓣渐次放大，徐徐扩展，片刻竟排列成一队庄严云阵，在我幻觉的界面上，演化为拓跋鲜卑氏走出嘎仙洞，走下大鲜卑山，穿越呼伦贝尔大草原的宏大场景。我曾在《雕刻在石头上的王朝》一书中描述：翌晨，日出东方，万山红遍。大朵大朵簇新的阳光，绕过密密匝匝的树叶，把嘎仙洞照得俨然一座青铜雕像。拓跋鲜卑悄然涌出山洞，葵花朝阳一般，齐刷刷跪向嘎仙洞，作别一个古老的传统祭祀仪式。之后，云霞一般向南方漫移。

蓦然，一卷大风袭过，一幅风起云涌、狂涛怒卷的天象图景，便高挂在对面山巅。那云势浓烈蒸腾，恢宏豪迈，若千军万马，铁流滚滚，俨然象征和演示拓跋鲜卑统一北方的一场场浴火而生的惨烈战争。我不禁想到了北魏与大夏统万城之战——中国古代历史上一个著名战例。传说夏主赫连勃勃凭借国都统万城“宫墙五仞，其坚可以砺刀斧”，迫使北魏太武帝拓跋焘久攻不下，进退维艰。拓跋焘仰天自语：若能有云雾遮城，便是天助我也。话音飘落，果见天边现露一颗云珠，状如书圣王羲之的一个墨点。这颗墨点极速膨胀放大，于惊诧之时，便形成遮天蔽日之势，若一块铁幕，将统万城锁入一片慌乱。守城夏军一时迷失了方向与目标，弓箭不知该往何处射发。而北魏将士攀云登梯，宛如雄鹰飞越城池。随着统万城的失守，大夏国遂被翦灭。

俄顷，风静云舒，花儿朵朵。眼前的画面，便是一派毡包炊烟，牛羊悠然，各民族其乐融融、和睦一家的明媚景象。魏晋南北朝，是中国历史上一段碎裂纷乱的悲惨时光，富有戏剧结果的是，一曲最雄美激越的民族融合交响乐章，由北魏王朝在京都平城轰轰烈烈谱奏完成。伴随统一北中国的胜利脚步，多族移民汇涌平城；北魏王朝的统治阶层，聚集有众多民族的精英人才；煌煌云冈石窟，即属多民族工匠包括西凉僧侣联袂雕琢之作。冯太后曾与孝文帝于灵泉池“宴群臣及藩国使人、诸方渠帅，各令为其方舞。高祖率群臣上寿，太后欣然作歌，帝亦和歌，遂命群臣各言其志，于是和歌者九十人……”“婢使千余人，织绫锦贩卖，沽酒，养猪羊，牧牛马，种菜逐利……”

天高云流，若锦缎飞彩。叮叮当当的开凿云冈石窟的经声佛韵，仿佛一针针银质的光芒，从云缝里袅袅飞落。只要你愿意，谁都可以想象出，当年云冈云回风舞雪、旖旎华美的身姿，给那些攀援在悬崖峭壁半山腰的雕刻工匠，以无限的灵性启悟。他们凿星雕月，描花绘草，若有神助。那一窟窟、一尊尊的云冈雕像，其变化万千的线条里，雕进了多少云冈云的佛容仙貌，逸踪流影。而我还愿意作这样的构想：一个月色如画的春夜，云冈云随风潜入北魏文成帝和高僧昙曜的睡梦。翌日，两人急切相见，会心而笑，彼此的手紧紧握在一起，握成一个兴佛旺帝的愿景，握成一座光天华地的昙曜五窟，握成一壁辉煌千年的云冈。

暮色如潮，游人散尽。武州山夜静山空，月朗星疏；一株株松柏古槐，缓缓隐入幽邃深处。云冈云冉冉而升，款款浮动，薄云丽月，月新云灿，正是“一月染白千云身，千云洗明一月骨”。云光月辉普照着一洞洞佛窟像龛，营造出一界清澈若水的迷景幻境。借了云冈云明亮手指的指引，我的目光再度聚凝于第七一八、九一十这两组双窟里“二佛并坐”的佛像。这释迦与多宝同龛对谈的造像模式，乃北魏文明冯太后参政一朝摄政两朝的象征与暗示。冯太后是创意开凿云冈石窟的文成帝皇后、决策迁都洛阳的孝文帝祖母，她不仅主政完成了云冈第二期的宏伟建造，而且主持实施了影响深远的著名“太和改革”。作为太和改革重要内容的“均田制”，历经北齐、北周、隋、唐，三百年不衰，成为隋朝统一、唐代鼎盛的一块坚固基石。文明冯太后是第一个女改革家，她高举一盏“太和改革”明灯，光照北魏，留下一抹永不凋谢的灿烂，并使我们油然而生的钦敬之情，远远超越了对吕雉、武则天和慈禧的历史兴味……

春日新雨后，空灵照云冈。“闲爱孤云静爱僧”；“山头月。迎得云归，还送云别”。我再次来到云冈第二十窟前坐看云起，倏然，窟顶上边，两道灼灼金晕跃动飞舞之下，便有一股紫气冲天而起，并在瞬间形化为一只庞然云物，身耀万斑金鳞，足掌如火似焰，盘旋摆动，若游若翔。大佛头顶的火焰纹，霎时被映照得红光跳跃，呼呼欲燃；安详端坐的大佛，仿佛挺了一挺身子，脸上神秘的表情，密码若解，谜底似现，微笑的花朵，念慈念悲，洒落人间……这只云化之物，龙耶？凤耶？古都大同曾被民间唤作凤凰之城，那么云冈云的这一启示，或许便是民间传说的另一个版本的演绎……

去云冈看云，看云冈之云。

黄河四章

黄河风

山有山性，树有树性，河有河性。

不管世界上有多少条大江大河，但我要说：黄河的河性最为独特，就像黄河水夺目耀眼。

我多次地看过黄河，读过黄河，品味过黄河。每一次站在黄河高高的岸上，急切的目光与那恢宏的水光一触碰，就会碰出一腔沸腾的豪情。仿佛按下一个钮键，一盏灯突然迸放出雪灿的光华，一瞬之间，我领悟到一次次被黄河打动、震撼、鼓搏的根由，就源于黄河与生俱来的河性，这一河性可以凝缩和精括为两个字：气势！

是的，黄河的河性在于生命的气势，一股扑面而来的雄美宏壮的气势，那情形，一如日出带给万物以热情、感召和欢欣。

气是万物的生命之根，小以草木蜂蝶为例，大以宇宙星系而论，都因气而孕生而存活而千姿百态。《老子》曰:“万物负阴而抱阳，冲气以为和。”《庄子》云:“人之生，气之聚也。气聚则为生，散则为死。”势为一物之能量，正如物理学上所说的“势能”，是一物内在品质和力量发散透射出的一片看不见的光芒。军队作战自古讲士气，讲军势,《孙子兵法》有个颇为生动的比喻，它说在一座千仞山顶转动一块圆形的石头，那就是“势”。中国辞典里“气贯如虹”“势如破竹”“审时度势”“气势磅礴”等一系列成语典故，都是对“气势”的不同形容和解释。

“黄河落天走东海”“黄河远上白云间”。黄河之水来自雪山冰峰，天然地就拥有了雪莲灵芝的高贵和圣洁以及不朽，带了雪域高原特有的狂野和奔放。而九九八十一曲的险途，又使她积蓄了浑厚包容的底蕴，千雕万塑出百折不回气吞万里的独特秉性和气势。

天道酬勤，厚德载物。黄河气势是黄河的青春黄河的魂，它春春秋秋，世世代代，鼓舞着黄河儿女添柴加薪，奋发图强，使中华民族的文明之火，明明暗暗，越燃越旺。

我常常在情绪的潮水低落之时，就去回首看一眼黄河，领略一下那汹涌激荡的黄河气势，顿然，浑身就蒸腾起一股火火的激情和力量，我把这样的体会和感受诗成一句人生的激励，书写在生活的扉页：

把脚步迈得像波浪一样澎湃有力吧
我们的身后是永远的黄河……

黄河韵

有一年，我赶上了黄河破冰，心里翼然飞出一个明媚又悦耳的词：春之声。

阳春三月，草长莺飞，杂花盈树，那是写照江南。在北方，在黄河，三月却是一片沉静，一派的按兵不动。分明是埋伏了千军万马，却看不出一丝一影的动静，“这里的黎明静悄悄”。有时静得直叫人心里发慌，发毛，甚至有点儿疼痛。

终于有一天，或许是正午，或许是在傍晚，黄河开始阵痛了，黄河孕怀的春天就要分娩了。黄河阵痛是惊心动魄的，黄河之春的分娩牵挂得人夜不能寐。在冰下由冷到暖孕育了整整一个冬天的黄河春水，生生地胀痛了蛇一样弯曲的河床；一浪浪的牙齿，新锐地撕咬着厚厚的冰层；冰面上明亮亮地浮着一层热气，经了阳光的笔墨，像一朵朵紫烟，袅袅然在那里开合聚散。这时你如果是在冰上站着，走着，就端端地应了那句"如履薄冰"的成语，你会感到脚下踩着的冰，好像一根琴弦在微微颤动，颤动得你的心都快要跳出来……一个湿漉漉、活泼泼的春天，像一条金鱼，随时会跃出水面，以盎然的生机和蓬勃，刷新人间。

轰隆——黄河破冰之声，像一闪春雷，宣告了中国春天的诞生。

钢化玻璃似的冰河，被长长而鲜鲜地撕开一缝裂口，一道、两道……像叶脉状像树冠形像根须样像蛛网图像分叉的曲径像一面银质的镜子被击碎……那碎裂的冰块，或巨硕，或玲珑，你挤我，我推你，满河床地碰撞着，交叠着，响亮着，其势如千帆竞发，百舸争流，蔚为壮观。火辣辣的黄河春水从冰缝里喷溅出来，像早晨的霞光一样鲜嫩炽烈，温暖地照耀着每一寸天空和土地，歌唱着所有的希望和美好，打湿干燥的时间和人们焦灼的期待。

冬小麦眨一眨惺忪的眼睛，白桦树柔软一下枝枝干干的筋骨，三叶草轻浅地唱起新绿的歌谣，深棕色的蚯蚓缓缓蠕动生命的复活。谁家的小马驹跑到田野上撒欢？哪家的灰毛驴在院子里一边打滚一边欢叫？从一树枝头跳落到另一树枝头的，不是恼人的麻雀，那是忙着播音的布谷鸟……拉门声，开窗声，鸡鸣声，狗叫声，口哨声，鸽哨声，柳哨声，男人的咳嗽声，女人的吆喝声，邻居间的对话声，农具碰击的金属声，学校的响铃声，孩子们的欢笑声……汇织成一曲春满人间的交响乐，像追赶阳光的鲜草，在黄河两岸生机着，蔓延着，波浪着……

黄海破冰，是人间最雄美宏灿的春之声，这以前江南的万紫千红，都好像是为黄河之春铺垫、渲染和前奏。从黄河破冰那一刻开始，中国的春天就真正地降临了，一场春天的好戏，拉开了恢宏壮美的大幕……

黄河颂

黄河日出，是黄河万千胜状的一幕点睛之景。

天色透出船帆一样的白，我来到黄河岸畔一处高高的塬上，顺着黄河东去的身影，远望河天相衔的一线，静候日出的辉煌与宏美。

晨霭中的黄河，静影沉璧，流波无声，载着两岸宁谧的村庄，仿佛在摇篮一个千年的梦境。我弯腰捡起一颗苹果大小的石子，使着劲儿，朝黄河的中流甩去，幻然听得一声“砰”，却分明未见到一瓣浪花——黄河是如此的沉静和深邃，以至于远远超越着我想象的尺度和能力。

……河天吞吐之处，帆样的白渐呈一扇宝石红艳。俄顷，随着扇面缓缓收拢，宝石红徐徐然浓烈深重起来，红得像中国传统的年夜，红得像我胸中一团澎湃的激情，红得像宗教信仰里一个神圣的名词，直至红成一炉冲天的焰火。焰火的曲线和纹络，状然分明，呼呼摇荡。兀然，红炉底部明灿灿地画出一道金弧。这金弧拔节而长，一寸一寸地攀升，一弯一弯地丰圆，我咚咚的心跳响过一百下，她已将那一炉焰火吸纳收回，丹然生成一轮硕美无比的鲜红，轰隆隆地点燃沉睡的时间和空间。

静如处子的黄河，霎时跃动起来，九曲十八弯的巨大身躯，蓬勃地摆动着，奔突着，欢腾着，翔舞着……像一条见首不见尾的神龙。不，不是像，而是——是——黄河就是一条神龙，巨龙，金龙。“一望平沙万里明”，那喷薄而出的红日，不正是黄河游龙光芒万丈的眼睛！

一条东方睡龙轰然醒来，无论怎样，都是一幕惊天动地的神奇和壮丽。

那么，与其说我在领略黄河日出，毋宁说是在发现一条金龙的诞生。

是的，黄河是一条龙河，一条金色的龙河。龙“是一种有鳞有须、能兴云作雨的神异动物”，“生于水，被五色而游。”黄河以金波黄浪为鳞，以腾腾蒸气为须，巨型的身姿，从天而降，耕云播雨，发祥人类，泽被天下。“黄河九曲天边落”“黄河西来决昆仑”。黄河流经之处，沿岸多少地理风物，皆以龙而命名，遂连成一条蜿蜒而闪耀文化色彩的“龙带”：龙门、龙门山、龙门石窟、龙舟、龙山文化……《周易》和《尚书》分别线装有“龙马负图”的经典传说：“河出图，洛出书，圣人则之”；“伏羲王天下，龙马出河，遂则其文以画八卦”。《今本竹书记年》也发出类似的声音：“龙图出河，龟书出洛，赤文篆字，以授轩辕。”原来，黄河自古就是孕育龙马和华夏文明的神奇摇篮，是那两条永远的阴阳鱼合欢而抱的生命家园。音乐般悠扬起伏的黄河沿岸，成为神农氏启蒙黄河儿女采桑养蚕、春种秋收的圣地和温暖之乡。

龙是中华民族古老的图腾，是中华大地上多民族古老图腾集中融会的吉祥灵物，因而便是中华民族发明和文化肇端与衍展的象征。黄河，则是中国龙飞腾的雄姿化身，它博采千河之浪，兼容万溪之波，生生不息，浩浩长流，正是《诗经》所咏之景与《庄子》所状之貌“河水洋洋，北流活活”“秋水时至，百川灌河，泾流之大”，遂成中华民族灿烂不朽的精神之魂。我们脚下的这片黄色土地，黄土地上生长的金色麦穗和向日葵，我们特征鲜明的黄色皮肤，我们与生俱来的对金黄色彩的热爱，以及我们几千年来饱经风吹雨打的痛苦和欢乐，都与黄河这条金色的龙河，有着一种天然的花与根那样的血脉相连……

黄河曲

黄河之曲，曲之黄河。这里的“曲”，是曲折的“曲”，而不是歌曲的“曲”，也不是藏语所指的“河”——黄河在藏语里称“玛曲”，亦谓“孔雀河”。

黄河曲。多曲？——九曲。你听，黄河塬上飘来的民歌——

你晓得天下黄河几十几道弯哎？

几十几道弯上有几十几只船哎?

几十几只船上有几十几根杆哎?

几十几个艄公哟嗬来把船儿搬?

我晓得天下黄河九十九道弯哎!

九十九道弯上有九十九只船哎!

九十九只船上有九十九根杆哎!

九十九个艄公哟嗬来把船儿搬。

……

九在这里也不是一个实数，而是一种虚指，一种形容。因为九是九个自然数里最大的数目，借此引发你黄河是多么的曲、怎样的弯的想象。还有，九也是中国传统文化中一个吉祥且带了点儿神秘色彩的数字：九龙，九天，九州，九鼎；九九重阳节，九九艳阳天，严冬飞雪有“数九”的民谚，似水流年有“逢九”的民俗；屈原辞赋有名篇《九歌》《九章》……

道路须直，以求通达。流水多曲，以曲为美。王羲之《兰亭集序》有极为养眼养心的文字：“此地有崇山峻岭，茂林修竹。又有清流急湍，映带左右，引以为流觞曲水。”由此说来，曲，也可以理解为流水的一种特质，一脉灵性。

黄河绕过阿尼玛卿山北麓，挺进西北，泽被青海省，浩然开辟了第一个巨大的黄河河曲。之后，在青海湖休整一番，挥师东北，像一只山鹰，像一抹白云，像一朵飘移的雪莲，从青藏高原擦身而过，遂蜿蜒至黄土高原，天然地划出第二个开阔的河曲……黄河的每一曲，每一折，都会弯成一片沃野花地，馈赠人类作繁衍生息的锦绣家园——那是黄河母亲温暖馨香的臂弯，是黄河母亲惠施人类的一份深情厚爱。中条山西南麓的晋西南河曲区域，那里曾经“林壑优美，蔚然深秀”；“岸芷汀兰，郁郁青青”；羚羊麋鹿嬉戏出没，黄鹂百灵呼应唱和。是最早的黄河先民西候度人发祥的摇篮和“诗意的栖居之地”。今天黄河流域因“曲”而命名的垣曲县、河曲县、曲沃县、曲阜县……都是凭借黄河曲成的一方水土，而拥有了生命的坐落和衍展的物华灵境。

黄河之曲，不仅是黄河历史和生命流动的诠释与解读，而且是人类历史进程、社会发展脉络的形象化演示和揭秘。曲是一种方法，一种艺术，因而也是一种哲学。曲水善变，随方就圆，看似柔静，实则坚韧无比。退，为了进；曲，受命于直。直是黄河曲折前行的深刻力量，决定着流水迂回奔腾、柳暗花明的形态。就连那一河波浪，也都采取了抑扬顿挫、澎湃起伏的姿势，推进着与生俱来的梦想与向往。

黄河九曲，百折不回。“西岳峥嵘何壮哉！黄河如丝天际来。……巨灵咆哮劈西山，洪波喷流射东海。”是的，黄河的形状和路线是弯曲的，然而方向、目标和追求，却是既定的，明确的，亘古不变的，那就是迎着太阳，奔汇大海——蔚蓝色的希望与未来。

金色海岸：夏日里的绽放

一朵阿波罗洒落的奇幻光芒？炫彩耀眼；一株维纳斯栽植的椰子树？曼妙婀娜；一块墨西哥风味的朱古力？丝滑柔润；一粒埃塞俄比亚卡法小镇色泽的咖啡豆？香溢怡神。Gold Coast，斑斓画韵，旖旎诗意，诠释南半球一座“海里升起城市”的妩媚与妖娆。

Gold Coast，黄金海岸？不，黄金的味道太商业，太凝重。金色，Yes，金色！金色才是这座城市气质与属性的彰显与释放。金色海岸，澳大利亚东部一座像朝霞舞袖一样浪漫时尚、日出喷焰那样激情四射的滨海城市。

金色海岸，夏日里的满园绽放。目光触碰之处，一切都在美丽绽放，绽放美丽。“绽放”，赤橙黄绿青蓝紫之外第八种颜色。不，绽放是所有色彩的引爆。调色盘形容是不够的，金色海岸是一片花的海洋，色彩的海洋，美的海洋。索性，金色海岸，就是一块澳洲“欧泊”，绽放着五光十色的梦影幻彩。

仿佛是，“绽放”这个动词，天然就为夏日里的金色海岸而生而活。或可说，是金色海岸的夏天，点燃了绽放这一语词的灵魂与精神。

天空在绽放：苍穹湛然蓝碧，俨然芳草无涯的牧场，一任乳白色的流云，绵绵如一群群丰牛肥羊滚动；透明而纯度高清的空气中，有丝丝缕缕蜂蜜的甜馨，阵阵亲密袭来，脉脉沁心。

海滩在绽放：任何一个方向，都通往蓝色大海；每一条道路，都脉络着阳光海滩。银沙金粉，海鸥翔集；帆船鱼跃，出没风波，弄潮儿牧驭雪浪，惊险演绎一支支“冲浪者天堂”的旋律；尽享日光浴的游人，月移花转，疏影横斜，展露不同肤色及其百变文身；库克船长的纪念碑和灯塔，像两株挺拔的花树，拨云弄雾，观海听涛。

集市商场在绽放：琳琅斗彩的卖品、鲜露欲滴的果蔬，与往来穿梭人群及其衣饰、妆容，绘织一幅活色生香的动感画屏。

公园在绽放：棕榈紫薇朱槿柠檬芒果木棉刺葵火焰树凤尾竹大丽花鸢尾花三色堇金盏菊……灵枝俏叶，尽态极妍；袋鼠的毛色迎来一年里最蓬勃鲜亮的青春季；贪睡的考拉拨响兴奋减眠的生物钟；纷繁恣意的鸟儿，一边翔舞穿飞，一边竞相发声，尽展歌喉……黑天鹅，是的，黑天鹅！长长的颈项，鲜红的喙，在蓝丝绒一般的湖面，芭蕾着优美和高贵。她曾像一道黑色闪电，刺穿“经验论”的城堡壁垒，并像一只黑色精灵，随时可能弹出人们思维的界面，引发蒙克油画那样的“尖叫”。

乡村在绽放：金色海岸乃至偌大澳大利亚，几乎就是一座一望无垠的乡村，人们悦然将澳大利亚称为“澳村”，墨尔本和悉尼分别被唤作“墨村”和“悉村”。矮矮的平房，人字形的屋顶，散落在葱茏林木、绿野萍踪之间，像安徒生童话。（房屋建筑，是否高过树木，就超越剥离自然，消解了人与自然的亲密度，令人产生莫可名状的紧张感？）浓绿淡绿错杂绿，深红浅红次第红。可人的花草气息中，分明透着一袭惬意的亲和。曲曲弯弯伸展的路径，像枝丫和叶脉，随意而人性。这样的乡村，先天一抹蓊郁静美底色，是绿树掩映和藏着的乡村；是鲜花悄然盛开的乡村；是一幅铺展天然、欣欣向荣的重彩油画，像塞尚、凡·高、高更；是一篇形散神不散的美文，像弥尔顿、拜伦、海明威。悠然，闲适，构成乡村的本真特质，而田园风光与都市风情交映生辉，说不清乡村的繁华，抑或繁华的乡村。淡淡的乡村朴素里，宜人地装点着都市的锦绣与新潮。回归自然不是逻辑晓畅的解释，无论金色海岸或是悉尼墨尔本，澳大利亚每一座城市，从来没有疏离过大自然。相反，它们就是一株植物，或如一丛雨后蘑菇，或如一蓬月光下的菠萝麻，从青青岁月的指缝里，一节一节，一寸一寸，自然自如地生长出来，海天一色，水乳交融。一曲人与自然相和谐的乐章的和弦弹唱，一方“天人合一”“诗意栖居”生态的生动写真。

一片喧艳绽放中，如期而来圣诞老人，旋即响起新年钟声。圣诞老人没有滑动雪橇，却是披了剧烈普照的阳光；新年钟声没有敲落雪花，却以祝福的韵律，火爆了飞彩的花卉。圣诞节的降临与新年太阳的升起，令金色海岸的绽放，鲜花着锦，烈火烹油，益发热烈而澎湃：霞光绽放，礼花绽放，瀑布和喷泉绽放……

金色海岸，一枚南半球阳光雕塑的金芒果，“绽放”是其生命力鲜活旺盛的果核。金色海岸的绽放，属于夏日，又烂漫四季；从大自然萌发，蔓延人的意识形态，以至思维方式和生活方式，都在演绎绽放的内涵与外延。万千绽放中，最灿烂莫过于金色海岸人金色心态的金色绽放。金色海岸人与你相视，总是向你绽放一朵友善的金色微笑。一束束金色眼神，燃放一道道金色自信与乐观。金色海岸很开阔，却拒绝一寸水土生长烦忧与郁闷。此刻，在不远处，有一个鲜花店，你会看到开花店的老妪，穿着花枝招展，像一只快乐的蝴蝶，飞来飞去。干脆，她就是一朵流动绽放的花，就是一个五彩缤纷的夏天。满满的幸福，在她微笑的牙齿上绽露：我今年刚70岁，明年更年轻！

你放你的绿，我鲜我的红。自由自在绽放，自然而然呈现。自由自然却似乎又有一份节制和自律，仿佛一种天然自觉。大自然从来就有自己的法则，遵循一条生物链铁律：既利好每一款物种的存在，又护航自然界动态平衡与可持续演进。当这一法则植入每一物种的根脉血汁并化育为基因，就会孕结成春华秋实那样的自觉与自然。

南半球的风
带着太平洋的味道
柔曼地吹着
总是叫人想到生活
想到爱人的小屋
抬头望一望天空
生命的太阳
一直在头顶照着

南半球的风
带着太平洋的味道
缱绻地吹着
总是叫人想到母亲
想到童年的小河
抬头看一看夜空
故乡的月亮
一直在身后跟着

南太平洋中部一个叫“大溪地”的岛屿，被誉为“离天堂最近的地方”，其七彩亮丽的海水，染色出法国杰出画家高更代表作《我们从哪里来？我们是谁？我们到哪里去？》；热带有一种名字极好听的花“金合欢”，夏日的阳光下，开得熙熙攘攘，轰轰烈烈。远远望去，像簇簇跃动的火焰，像灿灿金黄的云朵，澳大利亚人将其选定为国花。我想说的是：金色海岸，与大溪地岛一样绽放神奇之美；金色海岸，一株国色天香的“金合欢”，在太平洋金波银浪的荡漾声中，在南半球盛装繁荣的夏日里，绚丽绽放，风情无限。

黑天鹅写真

黑天鹅火了！“黑天鹅”一词火炫了漫漫网络，再度燃灿人们兴味的光焰。

天鹅从来都是白色的，白色是天鹅的唯一颜色，欧洲人一直这样认为。直至有一天，石破天惊：澳大利亚黑天鹅，横空出世，若一束黑色南极光，在欧洲探险者的眼睛里，飘落一道奇异的闪亮。曾经“傲慢与偏见”的信念，瞬间瓷罐爆裂，一地碎片。

见鬼！欧洲人懊恼地说，这世界上怎么会有黑色的天鹅！

总是过度相信经验，孰料一只黑天鹅现身，便足以颠覆一切——自以为是的人类，又一次遭遇自然和历史的深刻批判。

这个故事的诞生，约在 17 世纪开始的暴风雨前夜。

黑色存在着的黑天鹅，升华为一种诗意象征，寓意那些重大而稀有的事件，往往不可预测，其悬念在意料之外，且躁动着刷新一切的可能性。

“乱花渐欲迷人眼”“草色遥看近却无”。新世纪太阳下，全球风云幻化，扑朔迷离。不确定因素，羚羊挂角，雪泥鸿爪。像一幅毕加索，像一部玛丽·雪莱。黑天鹅，黑色翅膀开合扇动间，以事件的意义，承载着人类纷繁的思想与应对创意。

黑天鹅语词此度热传、炉火正红之时，我恰好在澳大利亚金色海岸（Gold Coast）。我住的房子，坐落于一湾湖畔。房屋的一扇门，面湖而开，遂撰一副对联：推窗衔云影，开门纳湖光。诗意的是，湖里栖息着几十只黑天鹅。澳大利亚黑天鹅，与南半球太阳一起醒来，乘着太平洋的海风，游来游去，芭兮蕾兮。

周身墨色一点红，

黑翅深藏片羽白。

黑天鹅，通体玄黑，颈项曲长；长长的喙，鲜红一抹，扁扁的嘴端，斑一片白色印记；红宝石一样眼球中央，嵌一粒晶黑的眸子，纯真的眼神，洋溢一碧摄人心魄的美。

湖面漂游时，黑天鹅脖子高扬，像举着一面旗帜，身后划出人字形涟漪，阳光耀照，泛金碎银。上得岸来，步态安详，神色典雅。其翅膀写意般绘有花纹，是孔雀开屏那样的图案。又镶了淡淡的银线，塑形勾勒出华美的立体感。翅尾翘然翻卷，波浪滚滚；翩翩摆动，若一袭黑色舞裙，高贵而性感。

不，黑天鹅并非黑得纯粹，黑得彻头彻尾，其折扇般展开时，展露出的飞羽，若白梅绽雪，光洁耀眼。

黑天鹅群里，有雌雄两只，三天两头，来到屋前，用红红的喙，敲打房门。喂几叶水草，快乐吃罢，便雍容而去。

黑天鹅倘若对你昂首点头，那是由衷示好；你欲伸手摸她，她却低下头，紧张得竖起羽毛来，嘴里会发出哧哧的声音。

天鹅，包括白天鹅与黑天鹅，其特性令人肃然起敬：高飞达近万米，可轻松飞越珠穆朗玛峰；一夫一妻，相伴终生。雌天鹅产卵时，雄天鹅静候守护。若遇敌险，雄天鹅翅膀一振，勇猛迎击，视死如归。雌雄间如有一只陨落，另一只会为之守节一生。

星象天市里，有一个重要城堡天鹅座。天鹅座属北天星座之一，其双翼展开像横，长长脖子像竖，遂有“北十字”之称。天鹅座 X–1（Cyg X–1），其由一颗大质量恒星缩成，有银河系著名黑洞之谓。轻纱银河，薄衣透体，天鹅座与银河两岸的天鹰座、天琴座，呈三角鼎立，擎撑星空。

“拨弦警火凤，交扇拂天鹅”，这是唐朝李商隐的诗句。无论白天鹅抑或黑天鹅，一样都被人类赋予吉祥美好的寄托。莎士比亚以“艾冯的天鹅”雅号为尚；安徒生则是落笔于丑小鸭“艰难困苦，玉汝于成”的曲折经历，侧锋咏颂了白天鹅的超凡脱俗；而法国博物学家布封，显然对天鹅偏爱有加，情有独钟：“面目优雅、形状妍美，与它那种天性的温和正好相称；俊秀的身段，圆润的形貌，优美的线条，皎洁的白色，婉转的、传神的动作，忽而兴致勃发，忽而悠然忘形的姿态，凡是它所到之处，它都成了这地方的点缀品，使这地方美化；人人喜悦它，人人欢迎它，人人欣赏它。”

这个湖泊有名字吗？

房东摇一摇头。

那索性就叫“天鹅湖”好了。

天鹅湖？

柴可夫斯基的芭蕾舞剧啊！

天鹅湖……那就这么叫吧，房东说，叫的人多了，就叫成了湖的名字，叫成了事实。

这话听起来很哲学，有点像鲁迅：走的人多了，便成了路。

瞧，天鹅又来造访了！

顺着房东的手指望去，果见那一对黑天鹅，昂首翘尾，优雅而来。

好，我去拿水草来，最新鲜的……

紫塞雁门云中开

在大同的蓝天下，绽放万紫千红的花朵——这是大同世界最美的春天。

“大同”，作为一市之名，乃符号而已；作为一个美好理想的寄托与追求，却是人类携手步入大同世界的神圣象征与召唤。

光阴十万年之前，旧石器时代的文明霞彩，就在大同一带流光若水，润染泽被。大同市阳高县许家窑村，乃中国早期智人化石出土之乡。许家窑遗址，定格着北京猿人后裔中的一支，迁徙到此茹毛饮血、结绳记事的场景；其以一颗“人类的启明星”在中国学生课本里莹蓝闪亮。

历史镜头由近及远，节节向前推移：许家窑人——山顶洞人——泥河湾人，构成绵绵生息的远古生命链条。

分别发源自山西北部宁武管涔山和左云截口山的恢河、源子河，于朔州马邑村汇合为一条野性雄阔的桑干河。

生活在桑干河两岸的泥河湾人，最早点燃了人类文明之光。北京中华世纪坛刻记中国历史文明进程青铜甬道的第一级，便是泥河湾的小长梁。中国迄今发现一百万年前遗址计25处中，有21处集中散落在桑干河流域。

大同民谚：桑干河里下豆面——汤宽。桑干河穿流大同地区波涌至北京，初名无定河后称永定河；继而奔注天津海河，汇入黄海第一个大海湾——渤海。

金光闪闪的桑干河水，流过作家丁玲手笔，艺术成一部荣获斯大林文学奖的长篇小说《太阳照在桑干河上》。小说里散发出的阳光的芬芳，夹杂着桑干河水的清香，漫过一道道岁月的山坡，浸染着人们早春二月的心田。

许家窑人、泥河湾人，皆属“大同湖”演化史的光辉章节。泥河湾盆地，亦称桑干河盆地、大同湖盆地。二百万年前，“大同湖”浩浩无涯，绿光翠影，荡漾九千平方公里。后地壳运动，湖底隆起，遂成盆地。其间有火山喷发，便有今日大同火山群洋洋大观。火山喷翡吐翠，飞彩播石，当地百姓信手将石头捡来稍作雕琢，竟光华炫射，奇美无比，我为之取名“大同玉”。而遮天蔽日的远古森林，摇身幻变为大同侏罗纪煤炭。一树树炽热之躯，一株株碧血精魂，以亿万年蕴蔚的情怀，珠光墨玉地温暖着我们今天的日子。

雁门关外长城下，恒山脚下是我家。雁门关，乃长城蜿蜒晋北而雄然挺脊的一座险关峻隘。赵武灵王、刘邦、李广、卫青、霍去病、杨广、薛仁贵、杨业……都在雁门关踏下绵绵不绝的足音回响。

每逢冬天，雁门关上一丛丛不知其名的小红果，便星星点点、殷殷熠熠，点燃一苗苗大风扑不灭的小火焰，点亮千盏万盏挑着的小红灯笼，让无边的寒冷温暖地感动，让广阔的荒凉拥有一片红烈的生机。

塞上高原的冬天，寒风吹彻，万物失色，就是耐寒的松柏，也青消翠谢，黯然无彩了。唯有这一枝枝的小红果，饱满如初，光鲜色泽，红若朱砂，莹润如玉，守护着生命的坚贞，证明着大自然在塞上的最后一片春色。惊奇之际，信手摘下一粒，轻轻一搓，红亮的果皮果肉便碎作粉末，而黄色的果核却坚如金石。这一小红果，当地老百姓叫它们“雁门红”。说，老早的时候，这里是一片古战场，鹰闪隼电，残阳苍茫。刘邦困顿白登山，杨家将血战金沙滩，李自成休整大同府……留下斑斑印痕和磨得发光发亮的传说。或许是古时将士的热血凝精结籽，沃野浸染，方有了这红艳欲滴的雁门红果。

自从有了人类，纯粹的自然史就宣告结束。一草一木除了续延自身的植物史之外，也总是折射着人类生长的影子，感染吐纳着人类释放的气息。其实作为生物的一脉，人不过是一种会行走的植物，人类历史一曲一伸的藤蔓中，何尝没有渗透纠结着自然植物的吐纳呼吸……

恒山亦即恒岳，乃“北国万山之宗”。贾岛有诗状描：“天地有五岳，恒岳居其北。”其如“玄牝天根，雄镇朔易，包罗燕晋，拱卫京畿”。《恒山志》：“大同为神京门户，而北岳又大同之门户”。

春秋战国，战云密布。赵简子将几个儿子唤至身边，一脸神秘地说，恒山有“宝符”深藏，得之者可继王位。父王话音未落，王子们争相去找，趋之若鹜，旋即皆空手而归。唯赵襄子回禀父王说：宝符找到了！——这便是其后赵国凭据恒山、谋取代国的战略宏图。

楚国张仪也窥视到了恒山军事地理天险，遂向楚王密语：“常山之险，必折天下脊。”拓跋北魏择都平城，先得恒山天然屏障一座，摘取一把“得恒山者得天下”的金石锁钥。

五岳对照五星，恒岳与北辰呼应。其属道教三十六洞天之五，故以道教圣地驰名天下。北宋神霄派传人元真子张侍宸住持西京大同开元观，其弟子青霞子阎德源接任后曾于大同城西筑建玉虚观，不久又受命提点中都十方大天长观，即今北京白云观。全真教创始人王重阳弟子丘处机，受成吉思汗遣使，远赴西域雪山，途经西京大同，登临恒山，传教授道。元明时期的张三丰，于恒山凝神修道，孕炼精华。

自赵武灵王胡服骑射，拓疆扩边，设置雁门郡始，大同城邑历史年轮，已隆隆然碾过两千三百度春秋的岁月车辙。

汉高祖三年（公元前204年），“是时东胡强而月氏盛，匈奴冒顿杀父自立为单于，东灭东胡，西逐月氏，南并楼烦，遂侵燕代”。刘邦闻之甚怒，御驾北征，反被冒顿单于围困平城白登山七天七夜。

天下没有不散的宴席。人间戏剧过多少场豪华盛宴，笙歌丝竹，流水曲觞，旋即曲终人散，鹤去楼空。唯有千古一宴——鸿门宴，曲未断，人犹在。刀光里沛公神色惶然；剑影中霸王正襟危坐；觥筹交错，亚父举佩暗示；舞袖云影，张良无心赏美；酒酣耳热，项庄舞剑暗藏杀机；披肝沥胆，樊哙目眦尽裂。谁也猜不出项羽心中的算盘珠子染着什么颜色。众皆宴兴浓稠，刘邦却开了小差，金蝉脱壳，溜之大吉。大丈夫屈伸自如，三十六计走为上。刘邦做了千秋帝君，项羽博得了盖世英名。偶然性里蕴藏着必然性的因子，历史人物性格的规定值，乃历史逻辑选择的凭据。所有情节与台词，一板一眼，都写在历史无言的剧本里。

眼下，冒顿四十万骑精锐，分别以青白红黑四种颜色排兵布阵。站在白登山放眼望去，东西南北一片色彩的海洋，像秋天塞下丰收的田野，像一卷古老的阴山狩猎岩画。“平城之下亦诚苦”的刘邦，面色惶然，惊魂不定，瘦高瘦高的个子，迈着两条长长的腿，从窗到门七步，从门到窗七步……悲愁哀叹声中，蓦见帷帐掀起，带一束晨光，羽扇英姿，走进谋臣陈平。事以密成，物以泄败，如此这般……陈平一锦妙计，若金霞破雾，新月射岫：施以和亲之策，换得金蝉脱壳。

书归正传，言归正题。学术尚论，以论见鲜锐且论证博辩为尚；散文贵散，贵在形散而神不散——云卷云舒兮心动，水激水缓兮魂流。

建筑在中国古代，以风水择为首要：“凡立邦国，非于大山之下，必于广川之上。”其次必论形势：“近为形，远为势；形言其小者，势言其大者。”形须近察，势可远观；形乘势来，势借形威。

西晋建兴元年（313 年）拓跋猗卢创建北魏前身代国，以盛乐为北都，修秦汉平城为南都；北魏登国元年（386 年），拓跋珪于平城西北牛川（今内蒙古乌兰察布市）聚集拓跋各部首领，恢复代国，所谓“牛川会师”，改国号为“魏”。初定都盛乐（今内蒙古和林格尔），公元398年迁都平城，“自五百里内缮修都城，魏于是始有邑居之制度”。北魏王朝以平城为福地，坐拥北国河山96年。

自秦汉始，经魏、晋、拓跋代、后赵、前燕、后秦、北魏到北周，即公元前200年至公元556年，平城之名响彻历史757年。

隋唐称平城为云中或云州、恒州。唐武宗设武装建制于此，所招募将士源自多样民族，遂取“大同”之名，曰“大同军”，并设“大同道都团练使”和“大同军节度使”——红日破晓，飞霞万箭，大同之名诞生之始，历史就赋予她甲光军旅的气质与威武刚毅的血性。

明洪武五年（1372年），受命征虏大将军的徐达，率师北伐，征讨北元，安营扎寨大同府。大同煌煌名气与眼前西风残照、汉家陵阙的景象，在徐达心中反差激起一种神圣使命与责任。他徒步绕大同城走了一圈，又登上城南一壁墙垣，四顾半晌……

月亮升起来了，静静地照在大地上，所有日光下的喧嚣都像一场梦飘散而去。树木不再摇曳，花朵睡得香沉，一窗窗的灯火闭上了眼睛，连狗的叫声也同古典打更声一样，好像都沉没在了唐诗宋词的韵辙里。只有月亮在天上走着，神态安详，闲身静影，仿佛世间压根就没有发生过什么。

是的，世界从来不乏这样的宁静，仿佛压根就没有发生过什么。宁静，是一缕美丽月光，灵巧穿过私密锁钥，荧荧然照亮人性的卧室与抽屉。

回到营帐的徐达，无意赏观朗月静夜，他需要宁静，他就是一片宁静——披衣伏案，勾画一幅修筑大同古城的草图。

大漠孤烟直，塞上旭日红。天亮了，徐达手搭凉棚，望了一眼东升的太阳。塞上端的是高天流云，一望无际。阳光如此干爽纯粹，晶然明灿。你来回走动，哗哗啦啦，仿佛就碰出了金属的响声。

徐达忽然想到了湿漉漉的江南，想到了江南绵绵梅雨——雾失楼台，月迷津渡；想到《大雾垂江赋》里“讶长空之一色，忽大雾之四屯”的句子。说不清为什么，徐达竟独自笑了起来。徐达的笑声，也像塞上的阳光，洪亮。蓬勃。灿若金石。

徐达统兵克营出奇制胜，筑关修城若有天赋，明代北京城版本，即为徐达所创意构图。

北京以京都之尊，辉耀元、明、清三代，其建筑风格以一条中轴线最为昭著。此中轴线将外城、内城、皇城和紫禁城，珍珠般穿连成串。紫禁城即宫城，所谓皇宫，其名取自

"紫微"星垣。中国古代天文学中将环绕北极星周围的十五颗星星统称为"紫宫"，或"紫微宫""紫微垣"。北京城中建筑纷呈错落，却环绕中轴线铺陈排列，形成东西对称呼应的古雅格局，博得一些外国专家学者跷着大拇指夸赞：地球表面上最伟大的个体工程；任何文化未能超越的有机图案。

徐达与大同别有一番情缘，其女儿后来在大同代王府里做了贵妃。他将修建北京城的技法用之于大同，两城互为参照，一枝两花。《大同府志》载记：洪武五年，大将徐达将唐、辽、金、元旧土城，裁成面积3.28平方公里的正方形。或增其旧制，或破土新筑，官署、知府、民居院落营造一时。

大同城墙以规整有制的石条、石方为基础，分段逐层夯成。城墙折角，雄立四座角楼，西北八角楼起于八卦十二方位之首"乾"位，曰"乾楼"或"八角楼"，因其高峻拔萃，亦称"镇城之楼"。人们常常登楼览胜，遂名云中八景之一"镇楼秋爽"。

乾楼之东的望楼——洪字楼，结构与造型甚为精美，属望楼之最。望楼为中国古城墙之鲜见，乃研究中国城垣建筑弥足珍贵的历史遗存。

大同城池方正若砚，光风霁月，现存文峰雁塔，恰如一支古笔，插于其上。文峰塔竣工于明代天启年间，高约14米，为八角七级砖构宝塔，秀然端庄，玲珑雅致。宝塔下部每面石碣上镌刻着全城历朝举子姓名及其功名，以资奖掖，雅称“功名碑”。

说到进士，不可忽略的是东汉明帝时，一个叫卫暠的读书人，来自代郡（今大同阳高县），被举荐为进士，可惜从代郡至洛阳拜见皇帝途中，竟客死于安邑（今山西夏县）。汉明帝闻知，扼腕下诏，令厚葬安邑之地。

“千柯繁茂，万叶云兴。”卫暠后代因荣及茂，遂成名门望族，尤以书道名世传代，如曹魏时的卫觊、卫瓘，两晋的卫恒、卫宣、卫庭兄弟，以及书圣王羲之的老师卫夫人。

春秋四载，大同府衙率先落成揭幕。门楼气派，耸然入云，“三晋名邦”巨匾赫然悬挂其上。为壮军威，彰耀功德，徐达特令在城中心四条大街交会处，建起一座木式东西南北四个正面的牌坊。其结构精巧，势态宏美，民间称“四牌楼”，有坊额赫然。环而抱之。四大街每条中段十字路口处，各建一楼，东西相望，南北呼应。四条大街连通四座城门，每门之外是瓮城；瓮城之外，有一道弧形城墙，将瓮城圈拢在内，谓之“月城”。瓮城旁设城门，城门上建“箭楼”，或称“匾楼”。

大同府城设计之精巧，防卫之严密，使成语“固若金汤”因找到极佳例证而焕然生彩，也使大同成为中国古代军事建筑史上罕见的“巍然天镇”。明代思想家、文学家李贽油然慨叹：此城真与铁城同。

大同军事地位之显要，向来“非亲王不得主之”。行伍出身的朱元璋目光犀利，特将第十三子豫王朱桂改封为代王坐镇大同。大同现存金碧辉煌的九龙壁，即为当日代王府前照壁。

作为连接北方与京都的一座宏巍重镇，大同气象开张，繁华喧闹，身临其境的年富，以诗描画当时北方各邦国使节由大同进京朝拜的盛况：北渡龙沙万里遥，诸蕃小国尽来朝。皇明一统乾坤大，万岁山呼祝舜尧。

秋风吹愁，春色惹恨。清顺治六年（1649年），多尔衮围攻大同城，写下一页血腥“屠城”“斩城”的历史惨案——屠杀全城百姓，削斩城墙五尺。可怜徐达心血凝成的一座巍然府城，毁于一旦。康熙三年（1664年），明末清初著名思想家、语言学家顾炎武，将多尔衮屠城祭为“国殇”。

大同博物馆现存一桶清顺治十三年（1656年）的石碑——《重修大同镇城碑记》，凿凿然记述了多尔衮屠城惨象。节外生枝的是，《重修大同镇城碑记》落款名单中引出一位特殊人物，乃《红楼梦》作者曹雪芹高祖曹振彦。

多尔衮杀戮大同其时，曹振彦与儿子曹玺披肝沥胆，冲锋陷阵，皇帝遂予褒奖，命其为大同知府，并授其妻为诰命夫人。大同大东街一处四合院豪宅，街内有巷名曰“曹家巷”，即为曹氏府邸。四年后曹振彦升任两浙都转运盐使司盐运使，遂成“钟鸣鼎食”一时富家。

《红楼梦》是一部曲折反映一个华丽家族由盛到衰的变迁史，其“甄士隐”隐秘的正是上述这一段史实。第六回凤姐对一进荣国府的刘姥姥笑道：“不过借赖祖父虚名，做个穷官儿罢了，谁家有什么！不过是个旧日的空架子。”第七回里尤氏数落焦大：“只因他从小儿跟着太爷们出过三四回兵，从死人堆里把太爷背了出来，得了命……”难怪焦大胆敢撒泼指着贾蓉鼻子醉骂：“你祖宗九死一生挣下这个家业，到如今不报我的恩？”曹雪芹取“焦大”之名，暗含“交大同好运”之意，并索性将大同敬称为“榆荫堂”。而大同方言，“炮燥”“将就”“营生”“那厢”“滚水”……在《红楼梦》里撒落如珠。

《红楼梦》第七十九回说：“原来贾赦已将迎春许与孙家了。这孙家乃是大同府人氏，祖上系军官出身，乃当日宁荣府中之门生，算来亦系至交。”迎春所嫁夫婿，名孙绍祖，其祖上孙有光，曾与曹氏父子并肩有功于多尔衮屠斩大同城。孙有光之弟孙思克后与曹玺一起做了清宫侍卫，孙思克之妹被选为康熙皇帝的保姆，并嫁与曹玺作妻。曹孙两家遂联姻为一时豪门贵族。

大同既是曹氏家族发迹之乐土，且为佛教圣地，佛音梵韵弥漫了《红楼梦》，使之同时成为一部文学化的“佛书”。又因碑碣曹振彦姓名之前刻有“襄平（今辽阳）”字样，便使曹雪芹出身何地有了分晓。名花有主，至此有关曹雪芹祖籍的论争偃旗息鼓，尘埃落定。

光绪二十六年（1900年），八国联军攻克北京，慈禧身着蓝色夏布衣衫，扮作乡间农妇，徒步仓皇离宫，于8月30日奔至大同。大同府县官员，塞上黍子一般，头颅低垂，齐刷刷跪于东门外御河岸迎驾。

慈禧、光绪下驿车，换官轿，从和阳门入城，朝总镇署绣楼而来。沿城看到这座北方军事重镇，城墙宛在，角楼威然，街衢规整，市面繁华，慈禧悬在嗓子眼儿的心缓缓落下。忽地，一座木质楼阁扑入眼帘，楼匾庄严，赫然醒目三字——太平楼。慈禧长长嘘一口气，脱口一声：太平了，总算太平了！

“月色醉远客，山花开欲燃。”民国二十三年（1934年）七月，一支由作家、文学史家郑振铎，作家、诗人冰心，社会学家雷洁琼，人类和民族学家吴文藻，历史学家顾颉刚，经济学家陈其田，考古学家容庚，翻译家文国鼐，摄影家赵澄组成的精英小分队，从北京经大同抵绥远（今内蒙古呼和浩特)，采风考察。时任山西骑兵司令赵承绶和绥远省主席傅作义，分别在大同和绥远市为之设宴接风。

繁星春水，华彩丽章。这一以奋然自觉担当为己任的高端“平绥文化之旅”，成为中国现代人文史上一段传奇佳话。这批文化精英，著作了一篇篇有关大同的珍贵诗文日记、科考报告。随了历史镜头的回放，清晰响起他们深情如歌的画外音：在大同，便够你逛个十天八天，逛个心满意足，还使你流连徘徊，不忍即返……

吐鲁番（外二章）

世界上有一颗最美的葡萄，她叫吐鲁番。

吐鲁番，高高地结在天山藤蔓上，金色的火焰山映衬下，吐鲁番，像和田玉一样晶亮莹润。

千年的坎儿井水神奇地流照，吐鲁番葡萄，春天绿影凝碧，夏天紫光飘溢。古老的西域风飒飒吹过，一声声都是《吐鲁番木卡姆》常青的旋律。

吐鲁番，她在打量世界的时候，像达坂城姑娘的眼睛，水汪汪迷人。世界就生动了，美丽了，像阿娜尔罕的心一样醉了！

天池

天池水源，根于雪山冰水，宁静更兼幽冷，清澈臻于纯粹。白云飘来飘去的倒影，一笔一笔，丝丝缕缕，像画在中国宣纸上的写意。小鸟飞来飞去，一舞一动，一羽一翅，从天池里看得见自己的飞翔。

水向东流，海纳百川，广则广矣，却总有清浪与浊波交叠。或许大海对此不满，便有大浪滔涌；或许大海心怀无奈，遂生苦涩之水，若人类与生俱来的眼泪。

天池，天之池，天之瑶池，一朵接天连云的蓝色雪莲，一块纯美无瑕的天山翠玉。

沙漠婚礼

《诗经》对着天空说：“七月流火，九月授衣。”

流火的七月，塔克拉玛干沙漠就会举行一场盛大婚礼，新郎胡杨，新娘红柳。一份旷世情缘，一对奇异绝配。

胡杨铜枝铁干，威武不屈，刚劲傲岸处，一个顶天立地伟丈夫。红柳，则柔美扶风，细叶轻语，花开丹若赤霞，丽而不艳，俨然知书识礼的淑女贤妻。

有胡杨铮铮就有红柳相随，有红柳依依就有胡杨相伴。千里沙漠作洞房，九天云霓披婚纱。胡杨挽着红柳，向着太阳，向着天山，默默许诺着永生永世的海誓山盟。天空震撼了，吹荡千年黄风唱出心中的祝福；大漠感动了，飞扬万丈金沙跳起欢乐的舞蹈。

七月流火，七月流火。流火的七月就来戈壁沙漠吧，来看一场庄严盛大的婚礼！

流动与凝固的交响

问：天哪！多么矫健的雄鹰！先生，是什么力量，让您把一块普通石头，雕成一只飞翔的鹰？

雕塑家：每一块石头都有一双会飞的翅膀，我只是将那些多余的石头裁去，瞧，它就飞了起来……

原来，飞翔的秘密竟在于减法的艺术。存在主义将物理学作用力与反作用力定理，应用为哲学名言：拥有就是被拥有。一位婆罗门贵族带了两只花瓶作为礼物来看佛陀。佛陀说：放下。婆罗门贵族将左手的花瓶放下；佛陀又说：放下。婆罗门贵族将右手的花瓶也放下。佛陀还说：放下。婆罗门贵族道：我已两手空空，还要放下什么？佛陀说：你还没有放下内心的“我执”，只有放下对自我感官思虑的执着，放下对外在享受的执着，你才能够从生死轮回之中解脱出来。

推开云冈石窟大门，迎面吹来生机浩荡的北魏风。天苍苍野茫茫……谁在唱响一曲千年不老的草原牧歌？

云冈石窟，是北魏王朝于平城武州山南麓顺山势而凿的一座雕刻艺术丰碑，时称灵岩石窟寺，诚如金代学人所赞：国家之宝，仙圣之宅。

更疑天路近，梦与白云飞。云冈石窟如一行史诗，纵横书写在天地间。仿佛书纸文字难以载动，因而有关她的史料极为稀缺。《大金西京武州山重修大石窟寺碑》，不仅文辞灿烂，述论生彩，且为一石距离北魏和云冈时间最近的碑碣，弥足珍贵："虑不远不足以成大功，功不大不足以传永世。且物之坚者莫如石，石之大者莫如山。山，上摩高天，下蟠厚地，与天地而同久。是以昔人留心佛法者，往往因山以为室，即石以成像。"一个从大山襁褓里剥离出来的民族，注定一生一世与山石生死依恋，共铸荣耀。

《诗经》曰："上天彤云。"魏都平城西郊的武州山，名不见经传，亦无巍峨之姿，却苍郁深翠，冉冉氤氲一脉钟灵之气，袅袅浮动一阙毓秀之韵。梵乐般悠扬波动的曲线，把绣在山顶的天空，裁剪出一条禅意婉约的金边。山势逶迤，若一抹青云——《辞源》的诠释，亦是"云冈"之名由来的诗意回答。

按照罗丹关于雕塑的定义，武州山宛然一壁承载历史的天然石材，北魏能工艺匠，秉承天意，顺乎自然，仿佛轻松把一块块赘石裁去，还原历史和艺术一个本真面貌。

干脆，武州山就是一个深藏珍宝的石匣子，所谓开凿，便是简单拂去时空的尘封，把巨大匣盖轻声掀起——一鉴顿开，宝光四射，万千工匠一时被耀晃得无法睁开眼睛，纷纷以手遮面……

“端州石工巧如神，踏天磨刀割紫云”。武州河畔爆发成一片欢腾的海洋。烈日炎炎如麦芒针刺的白昼，北斗星熠熠若古莲一样绽放的长夜，熊熊不灭震响起叮叮当当的金玉之声、钟吕之鸣——一支比音乐更音乐的音乐。大佛一颦一笑、莲花一舒一展、飞天一曲一伸、琵琶一弹一拨，就在凿凿琢琢、平平仄仄的节奏和韵律中，深入浅出地清晰起来，明亮起来，生动起来，佛光起来。

或“石含玉润，鉴照映彻”；或“鳞甲飞动，每天欲雨”；或“天衣飞扬，满壁风动”；或“娟婵春媚，云雾轻笼”；或“庄如羿射九日落，矫如群帝骖龙翔。来如雷霆收震怒，罢如江海凝清光”；或“高华则朗月繁星，雄大则泰山乔岳，圆畅则流水行云，变幻则凄风急雨”。并以生机盎然的光芒，照耀脚下春来秋往的土地、头顶上斗转星移的天空，还有身边流动不息的风。

云冈。敦煌。龙门。三足鼎立，撑开中国石窟的奇壮云天。云冈石窟不仅仅以纯净的石雕别样于敦煌的泥塑和壁画，不仅仅以开凿期早、气势恢宏超乎着龙门，也不仅仅是在敦煌和龙门之间，架起一座创新发展石窟文化的桥梁，更显著之区分为：敦煌与龙门，建造年代跨度大，断续完成于几个朝代更迭交替中，烙印着各个朝代即兴而作的铭记。而云冈，却是一部由一个民族一个王朝集中时间、集中人力物力一气呵成的杰作，飞云瀑雨，浑然天成，“织锦有迹，岂曰蕙娘；修月无痕，乃号吴刚”，并在“那一气到底而又缠绵往复的旋律之中，有着欣欣向荣的情绪”。

阿富汗境内，曾有一座名为巴米扬的摩崖石窟，《大唐西域记》以“金色晃曜，宝饰焕烂”之词溢美。其与云冈石窟的创建，几乎可以锁定在同一历史波段。两窟遥相辉映，互为参照，构架成人类石窟艺术史上一虹超越时空、妙绝古今的壮观。

悲乎！就在人类步入21世纪早春之际，一朵野蛮愚昧的乌云吞噬了那里文明的曙光。一瞬间，巴米扬被炸毁成一片令世界震惊的废墟。这一遗恨和痛惜，反衬出云冈的弥足珍贵，把云冈这块艺术资源的稀缺性推向新的极致。

作为国家意志的物质体现，云冈不仅见证着公元5世纪，北魏王朝信仰佛教的满腔热忱和经济文化的高度繁荣，且由于皇家主创，整体布局统一合理，各个洞窟有机连贯，每尊造像前呼后应，秩序井然，可谓意若贯珠，像如合璧。“其贯珠也，如夜光走盘，而不失回旋曲折之妙。其合璧也，如玉匣有盖，而绝无参差扭捏之痕。”而作为帝王的直接行为，云冈石窟完整地把一个王朝百年大业、精神风貌、意识形态、社情民俗，形象化艺术化地缩影、镌刻在一壁岩石之上。

云冈石窟，像一柱巍然矗立的石轴，撑起北魏历史的天空，并使整个世界获得一个新的文化支点，让人类文明跃上一个新的艺术高度。是的，云冈石窟是一块石头，更是一个生命，一块永远活着的石头，一块有感情有记忆有灵魂有血脉有灵性有呼吸会说话的石头。

公元20世纪30年代，中国一批学者作家相继造访云冈，陈垣，周一良，胡适，梁思成，林徽因……诗文斑斓，飞花弄晚。徐志摩、陆小曼身不能至却心向往之，联手创作了取材云冈石窟的五幕话剧《卞昆冈》。鲁迅没有登临武州山，却在“三味书屋”放飞想象：云冈是一座“耸立在风沙中的大建筑”，“在方寸象牙版上刻一篇《兰亭序》，至今还有‘艺术品’

之称”，但倘“供在云冈的丈八佛像的足下它就渺小得看不见了”。他对云冈的拓片、佛像写真、佛影相册极是珍爱，与周作人游东安市场，在山本照相馆，买到云冈石窟佛像写真14枚，竟乐如稚童，把意外收获和喜悦留驻在日记的时光里。

德国哲学家斯宾格勒走进文化的密林深处发现：“每一文化的本质都是宗教。”另一位德国哲学家费希特探究《人的使命》：“只有宗教的眼睛才能深入到真正美的王国”；“人应该无限地、永远不断地去接近那个原本就达不到的自由。”

万象纷呈的云冈，第一斧斤震响的乃佛教艺术之声。

佛教创始于印度，其时相当于我国西周、春秋时代，较为认同的版本是东汉初年传入中国，汉明帝亲旨建立了中土第一座寺院——洛阳白马寺，并令僧人在此译出了中国佛教史上第一批佛经《四十二章经》。

罗贯中《三国演义》写道：关公被吕蒙所害，阴魂不散，奔走呼号“还我头来”。后经普净老僧点化，遂“恍然大悟，稽首皈依而去”。“桃花扇底说前朝”，罗贯中显然夸张失真，“演义”过度，端的是用明朝眼睛看三国。

史学家周一良对佛教东传作过简洁描述：“凿造石窟，夙行于印度……苻秦、北凉等国佛教之盛而输入其制，于是有鸣沙、三危之石窟，其风渐东，而达魏都。”北凉与南凉、西凉等，皆为五胡十六国之列，后纷纷消融于北魏统一北中国的洪流涌潮。

佛教西来，若水东渐。佛教艺术率先春风化雨，开花结果。麦积山、敦煌、克孜尔、炳灵寺等石窟纷纷现世，金石之音日夜在西域间回荡，响彻云霄。

西域，美丽之域，神奇之域，不仅享有“人种博物馆”之誉，为羌、氐、匈奴、鲜卑、突厥、契丹、党项、吐蕃、回鹘、蒙古诸多民族的共同家园和活动舞台，而且是佛教及其艺术东传的圣地。

历史坐标系上的西域，跨有广义和狭义两度空间。狭义指汉玉门关、阳关以西，葱岭以东中国西部地区，主要包括今新疆维吾尔自治区境内；广义包括通过狭义西域所能到达的地域，诸如亚洲中西部、印度半岛、欧洲东部和非洲北部。19世纪末，西域之名从生活中淡淡化出，散失如烟。

考古发现佐证，百万年前旧石器时代，西域地区即有人类活动迹象；一万多年前中石器时代，西域远古文化遗存绚烂，主要在今东疆和北疆；西域新石器时代文化遗存分布于天山南北、塔里木盆地周缘和罗布泊洼地，陶器及刻画其上的纹饰发育着西域人精神世界的萌芽；公元前3000年左右，伴随人类跨入青铜器时代的脚步，西域东疆和南疆墓葬出土彩陶，绽露出西域人与东西方文化交流的鲜丽曙色；西汉之时，《史记》最早有匈奴、大宛等西域古国的文字记载，《汉书·西域传》:“西域以孝武时始通，本三十六国（后来的拓跋鲜卑氏有‘统国三十六’豪言壮语），其后稍分至五十余，皆在匈奴之西、乌孙之南。”此处所谓“国”者，实为游牧部落政权，“城郭之邦”。其“逐水草而居”，以“控弦之士”多寡为国力标志，如楼兰、乌孙、于阗、龟兹、疏勒、月氏。汉武帝时，西部大月氏，北部匈奴，与中原汉朝割据成三足问鼎之局。一番帷幄运筹，汉武帝决定合纵连横，与大月氏联手夹击匈奴，“通西域，以断匈奴右臂，隔绝南羌，月氏”，遂有“张骞凿空”划时代事件的发生，即公元前 138 年，张骞受命率汉使从长安出发，出使大月氏，首次完整带回西域第一手人文地理情报。

西晋太康二年（281 年），随着战国时期魏襄王之墓被盗，一部奇书《穆天子传》轰然问世，恰似打开一扇瞭望中原以外西部世界的窗牖。周穆王乘八骏巡游西域，留下一段比张骞更早期的民族文明交流史话传奇。

古西域“嘉谷生之，草木硕美”，属“天下之良山，瑶玉之所在”。其中“昆仑山和西王母”，鲁迅称道“最为世间所知”。昆仑山雪焰烈烈，冰川皑皑，酷似一条玉雕巨龙，《白蛇传》里的那条白蛇就曾在此盗取灵芝仙草；屈原幻想有一天能够“驾青虬兮骖白螭”，“登昆仑兮食玉英”。西王母是葱岭以西一个母系氏族部落首领统一的尊称，《瑞应图》《世本纪》《荀子》分别有记：“黄帝时，西王母乘白鹿来献白玉”；“舜时，西王母来献白环白琯”；“禹学于西王母”。嫦娥好奇地吃了后羿从西王母那里得来的仙丹，便飘飘而仙，飞升到月宫里。“嫦娥应悔偷灵药，碧海青天夜夜心。”“昆仑之丘”“西王母之邦”，名冠中原以西广袤之地、游牧部落的天堂——西域。

魔幻般的西域，在周穆王想象的秋色湖泊，倒映下一幅幅童话般的影像。即位不久，他便把繁杂的朝纲推到一边，亲率一支中原华夏友好团队，揭开了声势浩大的西行之旅序幕。翻天山，越昆仑，跨珠泽……顾颉刚先生考证，周穆王的行程路线图是从洛阳出发，经雁门关、河套而入西域的。

沿途氏族部落，古道热肠，茶迎酒送。“天子于是取嘉禾，以归树于中国”，同时将所带的凝结和象征中原文明的各色礼品播种般分赠一路。

周穆王最后一站，便是与西王母碰出浪漫火花的“瑶池相会”。“吉日甲子，天子宾于西王母”，“乃执玄圭白璧”及“锦组百纯”，“绿兮丝兮，女所治兮”，向西王母献上一片浓情蜜意。

西王母欣然拜受，并与周天子一行在瑶池“把酒临风，其喜洋洋”。席间，宾主心血来潮，遂吟歌唱和。西王母一曲《白云谣》，令山水动容，百鸟喑哑：

天边的那朵白云哟
从山岫里飞出
你来自遥远的东土
一路上山重水复
愿天子健康常在
何日再来瑶池欢度。

周穆王起身向西王母施中原礼，随即用浑厚的歌喉唱道：

我就要回到中原之都
更展治理华夏的画图
让天下百姓安居乐业
将是带给你的最好礼物
请耐心等待三年吧
我们重温今日的载歌载舞。

周穆王与西王母委婉的爱慕之情，被唐代诗人李贺和李商隐分别诗化在《瑶花乐》和《瑶池》篇章里，甚至这一故事情节妙趣横生的描写，被一些小说史家论为“小说的滥觞”。西王母与希腊金苹果花园神话似有相同寓意。西王母后被中国的艺术家想象和现实化为身着皇袍的华贵少妇，由一个手捧花篮或一盘仙桃、另一个擎举芭蕉扇的丫鬟簇拥，雍容步入绘画、瓷器、铜器和坠饰中。

北魏统治北中国，将版图疆野幅展到楼兰、龟兹、凉州之地，不仅采撷到了早期佛教艺术的新枝鲜蕊，且将一批高僧工巧带回魏都平城。

拓跋氏原本不信佛，“魏先建国于玄朔，风俗淳一，无为以自守，与西域殊绝，莫能往来。故浮屠之教，未之得闻，或闻而未信也”，与魏晋接触往来中对佛渐有了解，后在统一北中国的腥风血雨浸透的历史进程中，领悟到佛教对国家统治的“济益之功”和对百姓的怀柔之效。

拓跋珪每征服一个国家和地区，凡“郡国佛寺”，叫军旅一律“无有所犯”，遇见“沙门、道士，皆致精敬”。回到平城，诏令“于京城建饰容范，修整宫舍，令信向之徒，有所居止”；“作五级浮屠、耆阇崛山及须弥山殿，加以绘饰。别构讲堂、禅堂及沙门座，莫不严具焉”；又将赵郡沙门法果，诏至京师，命为“道人统，绾摄僧徒”——中国僧官制，由此创始。

法果感恩戴德，投桃报李，四处宣扬“太祖明睿好道，即是当今如来，沙门宜应尽礼，遂常致拜。谓人曰：‘能鸿道者人主也，我非拜天子，乃是礼佛耳。’”——“礼帝”即是“礼佛”思潮，此处当为源头。

马背上的王朝，刀锋上的政权。削城若泥，杀人如麻。赤地千里，焦土万顷。北魏王朝高台危楼中，垒砌有多少鲜丽活泼的生命——“纵骑扑讨，尽杀之。”“袭刘卫辰部于五原，屠之”；“收卫辰子弟宗党无少长五千余人，尽杀之。”“讨贺兰……部落，大破之。”“遣大将军……斩曷多汗，灭其众。”……

“无情有恨何人见？露压烟啼千万枝。”“男儿何不带吴钩，收取关山五十州？”李贺与“语不惊人死不休”的杜甫一样，是唐代最严谨诗人之一，“两句三年得，一吟双泪流”，其母谓其作诗“必欲呕出心乃已”。李贺凭借《马诗》《雁门太守行》等诗，奇特想象了雁门关外古战场的风云厮杀：“大漠沙如雪，燕山月似钩。”“向前敲瘦骨，犹自带铜声。”“黑云压城城欲摧，甲光向日金鳞开。”“角声满天秋色里，塞上燕脂凝夜紫。半卷红旗临易水，霜重鼓寒声不起。报君黄金台上意，提携玉龙为君死。”

“黄云雁门郡，日暮风沙里……金笳吹朔雪，铁马嘶云水。”“去年桑干北，今年桑干东。死是征人死，功是将军功。”“骝马新跨白玉鞍，战罢沙场月色寒。城头铁鼓声犹震，匣里金刀血未干。”无数横陈沙场的血肉之躯，像草原上的鲜花凋谢飘红，零落成泥。

《奥德修记》：荷马时代的英雄们到处劫掠，一方面是要获得粮食财货牲畜，一方面也要获得奴隶。奴隶对他们来说只是一种生产手段，同牲畜差不多……从山中飞出弯爪尖喙的鸷鸟，向一些在云层之下靠近平原地面飞翔的小鸟袭击，冲过去杀害它们。小鸟无力抵御，也无法逃走，人们欣赏观看这一场猎杀。

海盗精神包括海盗疯狂的热情，美国苹果公司创始人乔布斯分外推崇和追捧。当年海盗墓葬里最常见的陪葬品有两样：天平与剑。天平本为衡量道德而生，一旦移作他物所用，必然发生倾斜，天平将不再“天平”。

《三字经》开篇启蒙：“人之初，性本善。”人性本善、本恶？自古即布有论战烟云，盖分两大阵营：孔子主性本善，荀子主性本恶。后有扬雄折中：“人之性也，善恶混。修其善则为善人，修其恶则为恶人。”善、恶既为一对矛盾，必同生共存，不可缺一。人的生命雏形伊始，即本性的蓓蕾以善恶因子，善者若紫罗兰，恶者如罂粟花。遏制罂粟花，将恶控扼在萌芽状态；培育紫罗兰，让善的花光大放异彩，是文化提升、文明进步的使命、责任与追求。

我不知道，是什么力量，使天空蓝得如此深远，深远得就像我心海的礁岩；我不知道，是什么样的信念，使太阳红得像人间的爱情；但我以冰雪的清醒告诉你，生命比日出更庄严。

瞧，这些花草多么鲜美！

花草为什么这样鲜美？

因为……因为它们是生命，人世间最美最金贵的就是生命！

一面是刀剑的残忍，一面是建寺的虔诚；一边跃马厮杀，一边下马拜佛。刀剑杀戮为夺取政权，巩固统治；建寺拜佛既安抚天下，怀柔百姓，又使统治者获得一种心灵超度与开脱。

冬天乘以雪，等于美丽；乘以风，就被空茫和寂寥覆盖。一颗心乘以感恩，会充满博爱；乘以妒忌，就会滋生仇恨。《红楼梦》有一支哲学意味深浓的《好了歌》，说的是凡事贵在节然有度，过犹不及，“好”便转化为“了”。

“枳句来巢，空谷生风。”“风乍起，吹皱一池春水。”大兴崇佛敬教之风的北魏，生发了一桩血染中国佛教史的灭佛事件。太武帝拓跋焘翻手为云，覆手为雨，遂成为“三武一宗”灭佛的始作俑者。

太武帝初始奉佛，中途变卦。太平真君五年（444年），他下令上自王公下至庶人，一概禁止私养沙门，若有隐瞒，满门诛灭。后来，胡人盖吴聚众十余万人，在杏城（今陕西黄陵）起义。情急之下，太武帝飞身上马，御驾前征。途经长安一座寺院，发现暗藏的弓箭、矛盾等武器，以及聚敛的财物，可供淫乱的窟室。拓跋焘冷笑一声：“此非沙门所用，当与盖吴通谋，规害人耳！”令剑指处，坑杀僧人教徒，焚烧佛像经卷，拆毁佛塔寺院。举国上下，一时风声鹤唳。

太武帝灭佛的现实缘由：北魏寺院经济日渐庞大，威逼国家经济命脉；佛事隆盛空前，百姓把对皇权的信赖，转向对佛之敬仰，出现了国家信仰危机；拓跋焘“及得寇谦之道，帝以清静无为，有仙花之证，遂信其术”。加之“尤不信佛”的权臣崔浩常在耳边抑佛扬道，“帝以其辩博，颇信之”。嵩山道士寇谦之千里迢迢来到北魏首都平城，太武帝奉其为国师，并特地为寇谦之辟建“重塔五层”的“天师道场”，“集道士一百二十人，每日祈祷两次”，其信仰天平，由崇佛倾斜于信道。以取“太平真君”年号为肇，即打下兴道灭佛的伏笔。而寇谦之借太武帝之威，创立了风行一时的北天师道。

宗教信仰与政治信仰总相一致，后者必然要求前者对其负责。拓跋焘要以剑的名义，“除伪定真，复羲农之治”，向世人宣告，信奉道教为北魏国家信仰，是拓跋氏作为黄帝苗裔正统血脉的必然选择。

太武灭佛，深层次破解，是“胡狄之教”的外来佛教文化，同本土儒教道教文化碰撞而擦燃的火花；是自佛教传入中国以来，儒教道教联手与之第一次公开交锋，扬眉亮剑。

《鹤林玉露》载记，北宋开国宰相赵普一生只读一本书——《论语》，以书之一半辅佐宋太祖定天下，另一半帮助宋太宗治太平，这便是“半部论语治天下”之典出。“陈桥兵变”“杯酒释兵权”等经典案例，皆为赵普创造性运用《论语》的成功之作。儒道理论是中国多元文化的深根和内核，并具有春风吹破琉璃瓦、阳光照彻万丈冰的融化力。鲁迅推理判断与其目光一样犀利：中国的根底全在道教。

“生如夏花之绚烂，死如秋叶之静美。”印度诗人泰戈尔——东方第一位诺贝尔文学奖得主，其清词丽句，明理哲思，若池塘春草，芳草天涯，绿染无数读者春心原野：“我们看错了世界，却说世界欺骗了我们。”“只有经过地狱般的磨炼，才能有创造天堂的力量；只有流过血的手指，才能弹出人生的绝唱……”上世纪20年代，应梁启超、蔡元培等中国学者之邀，泰戈尔偕同英美学者访问中国。其间，由徐志摩陪同，来到太原与阎锡山一席对话，透射出两位历史人物对中西文化的思考与探究。

泰：请问，东方文化是什么？

阎：就是“中”。

泰：“中”怎么解释？

阎：有“种子”的鸡蛋里的那个“种子”就是“中”。

泰：……

阎：此“种子”为不可思议，不能说明的，宇宙间只有个种子，造化也就是把握的这种“种子”。假定地球上抽去万物的“种子”，地球就成了枯朽；认识中失了中，人类就陷于悲惨。

泰：我从上海到天津、北京，没有看见中国文化是什么。

阎：你到太原也看不见，你到乡间或者能看见……

泰：西方物质文明，压迫中印等弱小国家，把极美丽的世界，弄得极丑恶了，极和谐的世界，弄得极紧张了……我们应该联合起来，把本来美丽的世界，还他一个和谐。

“通神明之德，合天地之和。”阎锡山所谓的“中”，自然会令人想到儒家的中庸之道。这个“中”，绝非形式上的等分之意，而是宇宙中和之道，万物谐同共美之境。

任何文化的融合，必然经历一个彼此磨合认同的过程。两种以上文化相遇，有相互吸引，也有因“认生”而本能地产生相互警觉、自卫甚至排斥，最终在碰撞较量中实现交融，在交融中各自获得发展与升华。

古代中国，由于皇权居于统治地位，最后结果便总是交与代表皇权的帝王裁决。皇权的介入，常常会使矛盾激化，不可避免地带了血腥性。

北魏统一北中国的鸿篇巨制，由拓跋珪开笔，在拓跋焘手里定稿。拓跋焘小字“佛狸”，“佛狸”被宋代诗人辛弃疾多次写入词中。如《永遇乐·京口北固亭怀古》和《水调歌头》：“可堪回首，佛狸祠下，一片神鸦社鼓！凭谁问：廉颇老矣，尚能饭否？”“落日塞尘起，胡骑猎清秋。汉家组练十万，列舰耸高楼。谁道投鞭飞渡，忆昔鸣髇血污，风雨佛狸愁。”

公元450年，拓跋焘率军南侵，曾在长江北岸瓜步山（今江苏六合县东南）建行宫，后来成为一座庙宇，民间叫它佛狸祠。后一首词中的佛狸，实指金主完颜亮。以佛狸代称金主，乃“唐人笔下汉风景，只缘匈奴开胡天”的翻版。辛弃疾，这位宋代杰出词家，仿佛心中有一种北方情结。其词豪放激昂，金声玉振：“醉里挑灯看剑，梦回吹角连营。八百里分麾下炙，五十弦翻塞外声，沙场秋点兵。马作的卢飞快，弓如霹雳弦惊。”“青山遮不住，毕竟东流去。”

拔剑击荒弹琴瑟，曲终人散却迷茫。把皇权与佛法之间的分歧，极端推向非此即彼的对立，无疑是太武帝打出的一张错牌。灭佛风暴掠过，朝内上下，朝里朝外，人人谈佛色变，不敢问画眉深浅。旋即，三朝重臣崔浩被诛，太子拓跋晃暴死，太武帝自己忽于一夜间变疯。事发蹊跷，案情离奇。人们疑窦丛生，心生恐惧，纷纷然归怨于太武灭佛。

罗曼·罗兰《约翰·克利斯朵夫》题咏："真正的光明绝不是永没有黑暗的时间，只是永不被黑暗所遮蔽罢了；真正的英雄绝不是永没有卑下的情操，只是永不被卑下的情操所屈服罢了。"歌德在生命的彩球飞升天国之时，声音依然充满激情与诗意——快把百叶窗打开，让更多的阳光进来。

在大海里航行，没有不受伤的船。输在哪里，就赢在哪里。莫道今年春将尽，明年春来倍还人。太武灭佛从另一面，加速了佛教融合进程，催生了云冈石窟的开凿。

山锁疑无路，云开别有天。拨开灭佛的雾霾，重见佛教蓝天的澄明。"聪明雄断，威灵杰立"的太武帝，恢宏而昏暗地落幕，孙子文成帝即位而开启新纪元的第一篇章便是"复法"，且做得十分高明而精彩：诏命昙曜在武州山开凿五窟，"令如帝身"，即所造佛像要人格化，按照皇帝样子造佛，便是今日云冈第十六至第二十窟象征五位北魏帝王的"昙曜五窟"。佛与帝璧合于一体，以佛作为帝王意志的象征，借助佛在民间的影响力，重新找回百姓之于帝王的景仰和信奉，缓解了统治集团与民间的矛盾与对抗。

“天下承风，朝不及夕，往时所毁图寺，仍还修矣。佛像经论，皆复得显。”百姓一度被封冻压抑的对国家的热情，出现强势反弹，并通过佛之媒介，汇流到皇权统治上来；而帝王意志，则通过佛的感召力，畅达地传递到民间，变成百姓的精神和行为。

站在春天的门槛，冬天曾经的寒冷，突然化成一枝花蕾，在心中温暖绽放。

御风而起，顺势挺进。“晴空一鹤排云上，便引诗情到碧霄。”文成帝颁皇令，倾国力，起用包括凉州、中原在内的多民族能工巧匠，如佛界高僧昙曜，机巧敏睿的王遇，“研思致妙，精锐定制”的南朝雕刻家画家戴逵父子；借鉴印度笈多造像艺术；吸纳中原“曹衣出水”“吴带当风”雕刻技法，在武州山掀起了劈山凿洞、开窟造像的雄涛伟浪。“核准度于毫芒，争光色于浓淡”，创新雕造出云冈石窟的精美绝伦，无限风华。

西域米兰古城，因见证东西方文化交流的历史价值而享誉世界。汉文明、希腊文明、吐蕃文明曾在这里婀娜摇曳，幽幽飘香。米兰城的东大寺与西大寺，法显、唐玄奘都曾在这里讲经说法。寺内残存的菩萨和天王浮雕，及大型坐佛塑像，堪称西域早期佛教文化经典之作，与云冈昙曜五窟一样，流溢着鲜浓的印度犍陀罗、秣陀罗艺术风华。

云冈石窟早期的窟形为穹隆顶，呈马蹄形，相似于印度草庐式石窟样；佛像袈裟右袒或通肩；菩萨头戴宝冠，身着瓔珞，手臂戴钏，衣纹高凸——大窟大像，气度雄伟，造像布局简约集中。既有印度犍陀罗艺术风格的承袭，又有拓跋氏草原风俗的传扬，还有西北包括西域、陕甘等一带民族特色的兼容。历史象征化，是这一时期造像的内涵深蕴：五个帝王的雕像，以五座里程碑的意义，讲述着关于一个伟大王朝的传奇故事。

云冈石窟中期，窟形呈平面多方形，并以前后两室为众。少了昙曜五窟那样的大像，多了千姿百态的供养人，多样化了佛教内容。佛形像容渐呈秀骨清貌，袈裟衣裙换上了南朝士族的宽衣阔袖——工程规模浩大，室内雕饰富丽，绚烂缤纷。政治现实化，是这一时期造像的鲜明倾向：象征拓跋氏的汉化，正向纵深迈进。秀骨清像、褒衣博带的主流中，夹杂着拓跋氏牧野狂放的草原情调。

双窟双佛的独特创意，暗示冯太后与孝文帝“二乾重荫”“明离并照”，双双主政的治国格局。这一时期佛像，女性化特征明显，意味深长，第七窟“六美人”供养人佛雕，“宝相庄严，拈花微笑”，可谓代表。佛像女性化的创举，突破了此前清一色男像的单调局面，实为石窟造像艺术的一大变革与创新。

云冈石窟晚期，由于皇都迁至洛阳，这时的开凿雕刻，便呈余韵尾声。少了统筹规划，多了自发凿琢，形制虽承延中期，却毕竟窟室趋小，佛像造型更为俊秀，广袖飘带甚为普及。民间生活化，是这一时期的主题特征：民间乐舞，百戏杂技……象征北魏汉化与民族融合，已呈瓜熟蒂落、水乳浑然之势了。

英国历史学家汤因比站在卧波长虹的“剑桥”上遥望东方说：“佛教一旦传入中国，就被中国化了。”法国东方学家里奈·格鲁塞特接过汤因比的话题发挥道：在这个跨越时空的伟大行程中，原先那种希腊式的佛陀造型已被修正过了。它最终变成了中国式的佛陀。

巍然云冈一石窟，传于万世作楷模。一些史学家拘谨地将云冈价值象限于艺术范畴，低估折扣了北魏在佛教中国化进程中的意义与影响。作为北魏佛教艺术黄金时期的巅峰之作，云冈石窟不仅以“云冈模式”“云冈范式”的划时代意义，引领导向着东自辽宁义县万佛堂石窟，西迄陕、甘、宁各地的石窟，甚至远处河西走廊西端、开凿历史早于云冈的敦煌莫高窟，而且标志着佛教中国化本土化伟大进程的开启——包括佛经的翻译、教义的诠释、艺术的创新与拓展。

政权统一的根本在于民族融合与统一，民族融合与统一的核心在于文化统一，意志统一，精神统一。而文化、精神、意志统一，往往集中表现为信仰的一致、共振与和谐。

拓跋氏将山林和草原带来的萨满教，中原本土的儒道教，与西部传入的印度佛教调和出新，蔚成“三江汇流”景观——中国化的佛教。北魏平城，俨然一座化蛹为蝶、化凤生翅的历史“化境”。以儒化佛，化佛入儒；化佛入道，化道入佛。儒道里有佛教，佛法中有儒道。名为佛教，实为儒道释统一。

拓跋珪崇佛尊儒之时，亦“好老子之言，诵咏不倦……”北魏王朝渐行渐悟，终于找到一条以信仰一致保证民族融合，以民族融合实现国家统一的创新线路图。孝文帝登临北岳峰巅，一抒胸襟：幽明合欢，百神同悦。

中国传统文化流过魏晋南北朝时拐了一个弯，不再是纯粹的儒家活水，而是儒佛道三家汇合而成的文化形态了。汇合的入口处，便是北魏平城时代。

易贯儒佛道，道统天地人。儒释道各有其旨，却又相通互补。以儒治世，以佛修心，以道养神。

儒家着眼于“身”，身体力行。其主张积极入世，克己复礼，按照《周礼》调和社会秩序，修身齐家治国平天下。千千柳色千千绿，树树梅花树树春。楼台月明只缘水，花木春早因向阳。

佛家关注“心”，以心修境，明心见性，见性成佛。既非风动，也非幡动，而是心动，心宁则万籁俱静。心体无滞，即是般若；心境为一，处处是境，境境是心。“大乘小乘皆佛教，有为无为是道法。息心忘念无贪求，只看朝霞与晚霞”。《楞严经》一语概括：身心是一元的，一体的，山河大地都是心的显现。

道家强调“神”，以神养身，超然出世，无为而治。“道不远人”，“百姓日用而不知”。万物静观皆自得。师法天地即为道，奉道自然便是法。无色无香善若水，有空有物法如天。《庄子》借一篇《逍遥游》寄托天马行空般的放任与洒脱，传达出道教的奥妙：藐姑射之山，有神人居焉，肌肤若冰雪，绰约如处子。不食五谷，吸风饮露，乘云气，御飞龙，而游乎四海之外。

去圣乃得真孔子。陶渊明“此中有真意，欲辩已忘言”，李商隐“此情可待成追忆，只是当时已惘然”，与佛家不立文字，教外别传，以心传心，殊途同归。

禅宗有则公案：如何是诸佛出身处？圜悟禅师自问自答：熏风自南来，殿阁生微凉。《四十二章经》说：“佛言：‘如人锻铁，去滓成器，器即精好。学道之人，去心垢染，行即清净矣！’”《维摩诘经》说：“菩萨欲得净土，当净其心。随其心净，则佛土净。”大同华严寺有楹联两则皆“联”不离心：花开见佛留心印，米香传衣续祖灯；翠竹黄花圆色相，清池皓月净禅心。

古人有论，诗无达诂；诗如羚羊挂角，无迹可寻。寺院寺庙之言为“诗”。寺之空灵，庙之深彻，在诗里气韵流动。诗可以想象，甚至可借词语写出，只是写出的词语，不再是词语，已然物化的诗意。诗意可品，如茶，如禅。诗不可直言，像指说白天或黑夜，星星或蜡烛。

儒释道传经授业场所各有所属专有名词：孔庙，佛寺，道观。《说文解字》：庙，尊先祖貌也；寺，有法度者也。佛法无边，佛法至上；观，谛视也。帝，谛也，王天下之号也。尊先祖，敬帝王，持法度，便是三教综合之义。“道人一样平怀处，日日是好日；不断浇沃般若水，处处开莲花。”天地悬隔，上下中间；百度千度，无心无关。身神心本为一体，何以可分？心态平衡，心身康健，天人合一，万物谐和。

“南阳有隐居，高眠卧不足。”被后人敬为一世师表的诸葛亮，以“非淡泊无以明志，非宁静无以致远”的道家真谛而躬耕南阳，修身养性，“兰棹快，草衣轻，只钓鲈鱼不钓名”。陶渊明不愿摧眉折腰，遂拂袖辞官还乡，《归去来兮辞》一曲“舟遥遥以轻飏，风飘飘而吹衣”的轻松与明快，纵然“草盛豆苗稀，戴月荷锄归”，也难阻“采菊东篱下、悠然见南山”的超拔意气。

王安石怀古喻今：“六朝旧事随流水，但寒烟衰草凝绿。”晏殊直白警世：“劝君看取利名场，今古梦茫茫。”先天下之忧而忧、后天下之乐而乐的范仲淹说：昨夜因看蜀志，笑曹操孙权刘备。用尽机关，徒劳心力，只得三分天地。屈指细寻思，争如共、刘伶一醉？

英雄到老皆皈佛，宿将还山不问兵。“无在万化之先，空为从形之始。”“心地清净方为道”。“无”在何处？“空”为何物？释迦牟尼偈曰：“法本法无法，无法法亦法。今付无法时，法法何成法。”法是根本，法又无法，万物皆从“无法”中生出。“通玄峰顶，不是人间。心外无法，满目青山。”万法唯无，三界唯心，中道正观，破空破有。其与道家“道可道，非常道”，“无名为天地之始”，如出一辙。

“欲洁何曾洁，云空未必空。”“源远水则浊，枝繁果则稀。”《红楼梦》人说“佛书”，却也是“道书”，《好了歌》唱出道教些许密宗：三春过后诸芳尽，留下一片白茫茫大地真干净。《三国演义》开篇词深得道家精脉：滚滚长江东逝水，浪花淘尽英雄，是非成败转头空。青山依旧在，几度夕阳红。

苏辙解读苏轼的一段话，可以参悟儒释道相融之妙：初好贾谊、陆贽书，论古今治乱，不为空言。既而读《庄子》，喟然叹息曰：“吾昔有见于中，口未能言，今见《庄子》，得吾心矣。”……后读释书，深悟实相，参之孔墨，博辞无碍，浩然不见其涯矣。

“羊肠亦大道，太虚何阴晴。”“碧水苍山俱过化，光风霁月自传神。”——王阳明创立“心学”，著得《传习录》，赠一把钥匙让我们领悟：圣人与天地民物同体，儒、佛、老、庄皆我之用，是之为大道。

无心空心静心，并非遗世独立，而是融入广袤宇宙，与万物丝连一体。“性命双修，礼度为先，无量度人。”兴奋之余，《老子》透露“知天下”之秘方：“修之于身，其德乃真；修之于家，其德乃余；修之于乡，其德乃长；修之于邦，其德乃丰；修之于天下，其德乃普。故以身观身，以家观家，以乡观乡，以邦观邦，以天下观天下。吾何以知天下之然哉？以此！”诸葛亮卧龙潜藏，含英咀华，原为经国济世，蓄势待飞——聊寄傲于琴书兮，以待天时；专待春雷惊梦回，一声长啸安天下。

中国古代精英志士追求立德立功立言，德为本，功为业，言为志。自古英雄出少年，南北朝宋悫年少之时，叔父问其志向，他童音洪亮地回应“乘长风破万里浪”；秦始皇打眼前走过，项羽竟叫出一声勃勃雄心：“彼可取而代之”，惊得叔父项梁连忙用手捂住他的嘴巴；而不远处的刘邦虽也羡慕至极，却毕竟另一副模样，抓耳挠腮，甩手跺脚叹道：“大丈夫理当如此也。”

“堪于百花为总首，自然天赐赭黄衣。”“他年我若为青帝，报与桃花一处开。”这面黄巢《题菊花》墨痕新鲜，那边宋江早已按捺不住道：“他日若遂凌云志，敢笑黄巢不丈夫。”朱熹四岁时竟发问“天有何物？”惊得其父目瞪口呆。“雄鸡一唱天下白”，朱元璋借“鸡”抒怀：三声唤出扶桑日，扫尽残星与晓月。

王阳明打小仰敬诸葛亮，曾以卧龙自比。其时，王阳明沉恋象棋，父亲便将棋子夺来弃于河水，王阳明遂赋诗一首以抒心志：“马行千里随波去，象如三川逐浪游。炮响一声天地震，忽然惊起卧龙愁。”王阳明“心学”之“心”与佛教“即心即佛”之“心”，似有心心相印之妙：“心即理也”“心外无理，心无外物，心外无事。”“天地虽大，但有一念向善，心存良知，虽凡夫俗子，皆可为圣贤。”

有弟子问：南山里的花树自开自落，与我心有何关系？王阳明解惑道：“尔未看此花时，此花与尔心同归于寂；尔来看此花时，则此花颜色一时明白起来。便知此花，不在尔之心外。”是否还有一种情境：若是心中无花栽，繁花满眼也空白。若是心中花鲜艳，面前无花却盛开。王阳明又“龙场悟道”：“知行合一，知行并进。”倡导“君子之学，唯求其是”之学风。其“四句教”语义精辟，传为经典：“无善无恶心之体，有善有恶意之动，知善知恶是良知，为善去恶是格物。”将自己的生命深入到物的生命当中，以达到对物及其真理的认知，“格物致知”，遂成中国宋明理学的精髓。

花在田野鸟在林，禅在红尘佛在心。月印千江水，花香万里风。“一树春风有两般，南枝向暖北枝寒。”“月在石桥更无月，不知谁是月边人。”“我来问道无余话，云在青天水在瓶。”“好将一点红炉雪，散作人间照夜灯。”“悠然远山暮，独向白云归。”……道耶？佛耶？亦道亦佛，尽在不言。

中国各民族包括民族信仰的融合，投影到云冈石窟，巧借佛教艺术得以展现。民族融合的实质在于文化融合、精神融合，文化与精神融合集中反映为信仰融合。蔡仪、李可染、宿白分别站在文艺理论、美术和考古学立场，于云冈佛教艺术中国民族化的焦点上聚为共识。

蔡仪：北魏时代的我们的雕刻家，根据着我们民族的美术的优良传统，融合着外来的好的影响，创造了富于民族性的美术。如衣纹的厚实就很显然可以看出不是中印度的实际生活所能有的情况，是北中国的实际生活所应有的反映。

李可染：佛教艺术，虽由印度传来，但我们古代的美术家，没有囫囵整吞，而是沿着民族艺术传统，通过当时的实际生活，把它加以咀嚼消化，于是以外来文化影响为滋养，使自己民族文化得到了新的发展。

宿白：以褒衣博带式服饰为例，如第六窟的形象并不仅诸佛像采用了新服制，绝大部分的其他形象和菩萨、天人也都改换了华服，这显然是颁赐百官服装后的反映，是与太和十年至十九年的服制改变相呼应的。

在“崇佛”与“灭佛”两极夹缝里，一蝶“礼帝即是礼佛”的全新理念破茧而出，皇权与佛法彼此彬彬有礼，握手言和。

意象欲出，造化已奇。爱默生关于一座雕塑诞生的文字呈现，可以视作雕塑以至所有艺术品创造过程的形象透视：

一天，他按照老习惯在黎明前起了床，看到晨曦绽露，一种亮谧的伟大从这晨曦中透出，显示着某种永恒的宁静，让他的心脏激烈地跳动了很久很久。在随后的许多天里，他都努力想表达和再现这种宁静。

终于……看哪！他的凿子在大理石上凿出了一座塑像——一个美丽的年轻人塑像——它就是启明星。凡是看到这尊塑像的人，都会立刻安静下来。那使他激动的思想现在以一种全新的方式得到了表达。这种表达是有机的，或者说是事物本身在被解放时所具有的那种新形式。

西方现代派诗人赫尔姆和意象派诗人庞德，分别将“意象”解构为“视觉和弦”与“表现瞬间产生的智力和情绪上的复合体”。云冈石窟造像，即为佛和帝的“和弦”或“复合体”。观念消失了，化作了线条；思想不见了，变成了艺术。掀起雕刻艺术的轻纱，摇撼、激荡我们心灵的是云冈的灵魂美，哲理美，象征美，沧桑美……

这时，唯其这时
心便是一排黑白琴键
任随诗的灵巧手指

弹拨纷飞意象

谱奏旋律烂漫的诗思

崇高、雄浑、庄严的云冈美，充溢着蓊蔚的亲和力与人情味。由于石窟的开凿，一开始就建立在人心所向、众望所归的社会巨大心理支持之上，“宝山之相，满月之容”的昙曜五窟率先揭幕之时，就轰然揭出一幕“群僧迎佛骨于凤翔”“大厦成而燕雀相贺”的隆重热烈场面。

康德对灵魂有一个经典诠释：“心灵中起贯注生气作用的那种原则。”比如风之容颜，虽不具绿水青山那样的可视性，但却通过树枝颤动、麦浪起伏、燕子斜飞、云朵舒卷……显现它的存在、作用和魅力。依照帝王之身而雕造佛像，就是为云冈石窟贯注生气的“那种原则”，就是伟大的“云冈魂”。云冈魂，在以帝王为模本雕佛造像同时，把整个拓跋氏的心路历程、北魏王朝的时政气象、民族融合的历史态势，都一一包孕在其中。

“天人合一”“万物一体”，是中国传统文化的至高境界。“天地以生物为心，人以天地生物之心为心”。周武王看到父亲周文王把《易经》演绎出来，触景生智，说出了一句划破长空的真理：“人是万物之灵。”毕达哥拉斯轻轻说了一句“人体是量万物的标尺”，便很快被演绎为古希腊一条公理：人是衡量万物的尺度。

云冈“帝佛合一”“天人合一”理念，不仅在于以佛象征帝王，象征人；不仅在于以人为本，艺术地实现造像的放大和缩小，而且充分考虑了对审美主体——观仰受众者“人”的教育、启迪和影响力。衡量一件事物的根本标准，不是形式的计量器、标尺，而是——人！从以人为本出发，艺术地抵达对人的终极关怀境界，这是云冈魂一束最为耀眼的理性照耀。

是怎样的一种力量，让一个躁动不安的灵魂，在佛寺钟声的召唤下，像一片秋天的树叶，落下生命的回归与静穆？好雨春发，惠风时来。“南风之薰兮，可以解吾民之愠兮；南风之时兮，可以阜吾民之财兮。”

“普遍意味着有广泛的适合性。”云冈魂升华为北魏兴盛佛教的时代之魂，普通百姓也有资格“拟状金石”，“随像拟仪”，上为天子下为自己造像塑身——“旧时王谢堂前燕，飞入寻常百姓家。”

“留得空船载月归”“一船明月一帆风”。佛教中国化的一个重大结果——孕生了中国化的佛——“禅”。禅宗主张“全心即佛，全佛即人，人佛无异”。禅与道，实为一种精神指向，生活态度。在积极入世之中实现心灵和精神的超越，在精神超越之下积极入世，创造生活。佛禅何在？尽在红尘。“语默动静，一切声色，尽是佛事”。踏破铁鞋无觅处，蓦然回首，却在“蒲花柳絮，竹针麻线”中。《五灯会元》云，拨尘见佛，佛亦是尘。《景德传灯录》说，勤耕田，早收禾。

唐玄宗问：“何谓佛心？”弘辨禅师回答：“如陛下日应万机，即是陛下佛心。”即心即佛，即事即佛。一切尘事皆佛事。工作着就是美丽着，就是修禅着。一切本心皆佛心，一切佛心皆本心。《维摩经》有云：“即时豁然，还得本心。”返璞归真，凡心即本心。担水砍柴，莫非妙道。“没有比劳动更划算的生意了”“若论佛法，一切现成”，一切在当下。

“匆匆绾个同心结，掷地旋看已自开。”“纵然灭却书中字，难灭情人一片心。”“世间安得双全法，不负如来不负卿。”人言六世达赖仓央嘉措情歌“于大雪中高吟一曲，将使万里寒光融为暖气”。仓央嘉措以情问佛：世间为何有那么多遗憾？佛曰：这是一个婆娑世界，婆娑即遗憾。没有遗憾，给你再多幸福也不会体会快乐……如何才能如你睿智？佛曰：佛是过来人，人是未来佛……为什么总是在我悲伤的时候下雪？佛说：冬天就要过去，留点记忆……为什么我的感情总是起起落落？佛说：一切自知，一切心知，月有盈缺，潮有涨落，浮浮沉沉方为太平……

不俗即仙骨，多情也佛心。“枯木禅”讲述：一老妪建一座草庵，供养一和尚二十年。一日，老妪让其女抱之以验，可怜和尚三九寒冬天，枯木依寒石，失却了人之性情，不懂赞美，不知感恩，无始无明，实属枯木死灰。老妪愤然赶和尚于家门之外，又转身点一把火将草庵焚为一片灰烬。

禅，贵在悟，开悟，顿悟，心领神会。《维摩诘经》：“乃至无有文字语言，是真入不二法门。”禅悟之境，实为寻常见闻，乃成语顿开茅塞、幡然醒悟之意。灵光一闪，物态分明。那情景，恰如暗夜里射入一道光亮，阴影散尽，满目明灿。庖丁一番解牛言论，竟令文惠君悟出养生之道：游刃有余——顺乎规律，与物共舞。

人所讲得最多的恰恰是知道最少的，一心所求的往往正是被忽略的；生活不在别处，当下便是。“一性圆通一切性，一法遍含一切法。一月普现一切水，一切水月一月摄。”无事于心，无心于事，则虚而灵，空而妙。心安即佛静为禅，身在红尘自超然。名缰利锁斩开去，明月清风好相伴；出入有迹是凡身，去留无痕乃佛心。清风淡月本无主，闲草野花第一品；月圆如花缺如诗，月阴如梦晴画卷。心中一轮明月照，人生何处不灿烂。

有关拓跋鲜卑民族和北魏国家的史料，如此稀缺，又如此丰富。说其稀缺，是指见诸文字的记载；言其丰富，是指云冈石窟这部“石书”空灵的涵咏。通过一壁崖石来解读一千五百多年前一个王朝和一个远去的民族，这就是云冈石窟哲学象征完成的生命呈现。甚至由于这一象征魅力，以至于我们能够从中看到自己的影子，就像面对一面神奇通灵的石头镜子。

中世纪的文艺复兴，是人类历史上创造了辉煌并得到无比辉煌赞誉的一章诗篇。而人类对云冈的认识、理解和鉴赏，却是如此迟钝、浮浅，以致赋予她的评价是那样简缺而平庸。

中世纪因为文艺复兴之光耀照，被视为“人的发现”世纪。天之所以为天，地之所以为地，因为中间是顶天立地的人。拓跋氏早在“初世纪”，就把大写的人雕成佛像，屹立在天地之间；我们为达·芬奇的《蒙娜丽莎》，打造了无数道耀眼如虹的光环，却对云冈大佛卓越无比的神情比如微笑漠然视之；“女人们在房间里走来走去 / 不停地谈论米开朗琪罗”，米开朗琪罗的《大卫》《摩西》，甚至如圣彼得大教堂，虽为文艺复兴时期美术典范，但无论从时间、规模或是艺术高难度比看，都不可与云冈群雕同日而语。

彩绘、壁画、泥塑与石雕不宜相提并论，前者可通过色彩调节艺术氛围，而石头内外一色——无色之色，且前者比后者拥有更广阔的修改空间。一块石头与一座山崖也不可作比，后者具有更大的艺术风险，修改指数几乎等于零。我十分惊讶，甚至难以相信，那些雕石凿像的工匠，对武州山石材质地的认知和把握，是如何和怎样地精确、透彻到得心应手、游刃有余的地步。

阿尔伯蒂曾说："我每天都越来越相信毕达哥拉斯教导的真理：自然按照始终如一的方式活动，它的一切运动都有确定的比例。"云冈从一尊石像到一窟雕刻，再到整体一座山壁的雕造，都流注着一脉黄金分割比例的神韵。音乐是流动的和谐，建筑是和谐的凝固，云冈是一曲流动和凝固交织的和谐。

中国人的精神何在？曾担任张之洞幕僚近二十年的辜鸿铭答曰："能使我们洞悉物象内在生命的安详恬静、如沐天恩的心境，便是富于想象力的理性，便是中国人的精神。"仰望和倾听云冈雄矗的静默，谁会拒绝"如沐天恩"的临照？谁的灵魂幽潭能不荡起万千轮悠绵不绝的理性回响？！以一颗洁净之心去感受云冈，倾听云冈，直至把自己听成一块静穆的石头，就会听到流水般的旋律和莲花开放般的声音。

只有心灵才能感动心灵，只有从心灵流出的声音才能引发心灵共鸣，只有纯净的心灵才能听到纯净的声音。世界上最美最神圣的旋律是自己的心跳，唯在寂静之时，心音才能听得清晰真切。从生命在母体里孕育之初，心音便开始奏响，并永不停歇地响彻你一生，无论夜里，无论风中。比白雪更圣洁，比金子更纯粹，比太阳更光芒的心音，却常被漠然忽略，湮没在嘈杂喧嚣的红尘之中。

生命是一支交响乐，精美绝伦于天地。而心跳之声，乃是生命之乐魂，生命之主旋律，更是生命之正气之音，良知之音。纯净、清新、刚健、明灿，是心音的天然基调。一生保持心音原初的纯正和美而拒绝杂音与变奏，需要适时倾听，精诚呵护。

云冈不是《大卫》和《摩西》那样的名字可以概括的，如果希望云冈多一个名字，那么它是一个“世界”，一个阳光照耀下的石头世界。“所有这一切如此协调一致，任何一部分若被改变或损益，都会失去全部的和谐、美丽和效用”，西班牙人文主义者霏微斯的话用在这里，再恰当不过了。

——西方谚语：一句话说得到位，恰如金苹果掉在银网里。

云冈，那是比中世纪文艺复兴提前了一千多年的一座山的石雕艺术啊！

北魏汉化主旋律与历史洪流的走向相一致，却也有剑走偏锋之嫌。作为象征汉化成果的云冈中后期造像以及洛阳龙门石窟，显然在一定程度上，包含和沉淀了雕刻艺术丧失的代价。艺术或许不要求与政治同步，甚至有时恰恰相反。

艺术拥有独特运行规律和独立的生命魂灵。这就是我们今天奔驰在21世纪的高速公路，却依然怀念和留恋马车吱吱呀呀诗意的旋律和节奏，依然放不下唐诗宋词的韵辙意境和文艺复兴时期艺术风韵的一种揭示与回答。

《说文解字》说："羊大为美"。与"秀骨清像""削为容仪"的汉化风格相比，云冈早期以及部分中期大窟大像显现的雕刻精神、开张气势、生命力度和蓬勃生机，更具视觉冲击力与心灵震撼力。"高宫室，大苑囿，以鸣得意""非壮丽无以壮威"。一窟窟方室，井井然然；一座座方塔，砥柱中庭；一扇扇大于窟门的明窗，敞阔亮堂，豁然通透，前庭后室，光明鉴彻。尤是第十六至二十窟"昙曜五窟"大佛，宏壮高昂，举世无双。从大佛面前走过，所有烦恼和忧愁，瞬间会被删除为雪地一样的空白。

美是艺术之魂，艺术之根，是一种叫人愉悦而心跳的力量。云冈大佛那崇高而平和、激情而宁静、圣穆而慈祥的神情仪态，甚至令你轻松忘掉你是谁、哪里来、到哪里去的世俗之问。

"一切都是思想，一切都是象征。"象征，是一件事物"象外之义”的唤醒和暗示，如同芬芳对于花的意义。荣格博士说，象征“在一刹那间照亮了人的全部生活，并在某种意义上决定了人的未来命运。人的一生就是不断寻找和制造象征的过程，人类的历史，就是不断用新象征取代旧象征的历史”。

佛教最初的意义指向人生哲学，其以人生问题为基本出发点，以实现个人解脱超然为思想归旨。佛教石窟艺术的主题，是仰敬和颂扬佛陀，但在早期却不可以直接表现佛像，只能借助佛衣、佛座、佛钵、佛足迹、法轮、菩提树、经行石等物来象征、隐喻和暗指。比如“菩提树”象征树下降魔成道；“塔”象征佛之涅槃，因佛的身骨舍利就供于塔中；盛开的莲花，象征佛的法身境界，“犹如青莲红赤白莲花，水生水长，出水上而不著水。”“又莲花性自开发，譬如法界真如性自开发，众生若证，皆得觉悟。又莲花有四德，一香、二净、三柔软、四可爱，譬如法界真如总有四德。”曾居住于印度次大陆中部的比罗尔族对世界起源如是理解：“最初，天下皆水，有莲生出水面。是时巨神居于阴间，经莲茎出至水上，以莲花为座。”西藏佛教著名六字真言：唵嘛呢叭弥吽（如意宝啊，莲花哟），其中“叭弥”即为莲花之意。

中国化佛教宗派禅宗，表达“不可说”的本心，回避定式语言，赋之以诗意象征，作为表征中心旨意的特殊“能指”。

佛教艺术几乎就是象征艺术，甚至石窟本身就是一座象征体，其以山幽水静、林木蓊郁的灵岩圣地，象征佛界圣洁清净，不染红尘。雄矗于武州山的云冈石窟，当我们以阅读姿态走过它时，记忆岩石上，除了雕刻下有关佛教艺术的印痕之外，还录影有当时社会历史的一幕幕风情物态。这些印痕与风情物态，总令我们回味无穷，思绪云卷。这一奇异效果的生成，就缘自云冈石窟哲学象征语境的静穆与华彩。

昙曜五窟分别象征北魏“太祖以下”五个帝王，让我们无法逃避地感受到一种人性的亲和力和感染力。“美丽的风景所以使人感动，不是由于它给人或多或少的舒适的感觉，而是由于它所引起人的思想；看到的线条和颜色，自身不能感动人，而是融入其中的那种深刻的意义。”与云冈这五座大佛的目光发生对视和连线，“水月相望，珠光交映”，恍兮惚兮间，消解了历史和现实的距离与界限，超越了人与佛的差异与阻隔，遂与他们展开情感交流和精神对话。

事实上，我们思想的光线不满足停留在五个帝王形象上。尼采哲理地说：“在石头里熟眠着我的一个理想，我的一切梦想的象征”。被誉为“人本主义心理学之父”的美国著名哲学家马斯洛，曾以一诗《小花》为例，阐述“存在性认知”的命题：在那里，那朵小花是作为它自身的本来面目被观察的，同时他也把它看成像上帝一样，像是全身放射出天堂的光辉，挺立在永恒之光的中间。这时候这朵花显然不仅是作为纯具体的本来面目被观察，而且也作为除此以外别无他物的整个世界被观察，或者以一种存在性认知的方式作为整个世界的象征被观察，即作为一朵存在的花，而不是作为一朵匮乏的花被观察……即看这朵花就像通过这朵花窥见了整个存在王国。

云冈石窟，不仅仅是“皇帝即当今如来”“敕有司为石像，令如帝身”、为“太祖以下五帝”造像一脉思想指导的产物，而且是北魏国家和民族意志的载体与承运。一花一世界，一叶一如来。这里每一个帝王都是一段历史，一段北魏王朝缩影史，并影响着现实，连接着未来。

古人讲为文作诗贵在有四：曰体、曰志、曰气、曰韵……体贵正大，志贵高远，气贵雄浑，韵贵隽永。四者之本，非养无以发其真，非悟无以入其妙。

诗画建筑，理通一脉。云冈早期“原生态”雕刻艺术，浸透诗画精髓，尽显“体、志、气、韵”真经。鸿博高大，精美奔放，生灵鲜活，神韵无限。千尊佛像，万般神态，却一样亲和慈悲，微微含笑。那细眉长目与弯翘嘴角间盛开的永远的微笑，使庄严的佛门圣地，气氛轻松明快，和美融融；把走来走去的人们的表情和心情，照得一片温暖鲜亮——云冈的艺术，云冈的魅力，或许就是微笑的艺术，微笑的魅力；云冈大佛的微笑，是人间最美的花朵，是世界上最和煦的阳光。而汉化的雕刻，技法上如何臻于完美，终究失去了北魏“原生态”的神采和韵味。晚期云冈造像，瘦骨清像，纤秀端庄，严谨流于拘泥，娴熟失之于刻板。

罗素曾为中国把脉：“克制和保守的特征融入了中国所有文学和艺术中，融入了今天教养有素的中国人际交往中。”无疑，在云冈汉化的雕刻艺术中，渗入了“克制”和“保守”成分，冲淡、消解和弱化了云冈石窟“原生态”艺术风格。夏日的向日葵，高扬着青春的头颅，大片大片激情的火焰，奔放着，漫卷着，歌唱着，照亮太阳，照亮天空，照亮人们的眼睛和夜晚的梦，甚至没有忘记把凡·高照耀成为一名世界绘画大师。及至秋季，及至成熟，黄残翠减，弯腰曲背，一株株向日葵，排列如一个个沉重的问号，压抑，郁闷，忧伤，悲情，叫人不忍卒读。

尤是禁断鲜卑母语，统一讲说汉话，最终导致一个民族寂然蒸发。但丁说：在人生之旅的中途 / 我迷失在幽暗的树林里 /

再也找不到笔直的道路。

鲜卑语，曾因北魏王朝的强势而传播深广久远，引为时尚。《颜氏家训》："齐朝有一士大夫，尝谓吾曰：我有一儿，年已十七，颇晓书疏，教其鲜卑语及弹琵琶……"

"所谓思想，就是与灵魂的无声对话。而话语，就是思想的声音，或者说声音吐出的思想。"柏拉图总是喜欢从灵魂出发探求宇宙奥秘；"语言是存在的家园"，海德格尔习惯站在存在主义的山冈仰望星空，诠释世界。

语言是思想的器官，是思维的直接现实，是一个民族文明的"地质层"，也是一个民族的最后标志。

一个民族，坚守住精神家园，坚守住自身民族历史文化传统的血脉，即使失去生长草木的领土，也会在世界上拥有民族之花开放的价值。就像流落世界各地长达数千年的犹太人，从来没有丢失过自己鲜明的民族身份一样。

物质的"故土"，文化的"故土"，只有找到自身的归属，才能找到自己。一个民族的文化，凝聚着这个民族对世界和自身的历史认知和现实感受，积淀着这个民族最深层的精神追求和行为准则。

花朵谢了，叶子黄了，果实落了……不，只要泥土不弃，只要根子活着，生命的春色就不会衰减；蝴蝶就有枝可依，蜜蜂就有蜜可采，诗人就有歌可唱。文化是民族之魂，国家之根。文化活着，历史活着，一个民族一个国家才活着。国破尚可复兴，魂亡无药可救。

人拥有三重生命：肉体的物理生命；灵魂的精神生命；能动并让生命升华到自觉界面的文化生命。黑格尔曾将有肉体的灵魂分解为三种：生长的、欲的、理性的。兰德曼提出人是文化的、历史的、传统的、社会的四种存在。人的三重生命，通过母亲脐带，传递着蓬勃与永恒。生命三重奏，奏出人生庄严而神圣的交响曲。人类学家从研究人类开始，后来却发现并承认：与其说是关于人的研究，不如说是关于人的文化研究。

文化，以一个民族的群体印象、集体记忆，成为一代代累积传承的风俗、习惯、道德、生活理念等的总和，特别像中国古人讲的那个“礼”。其为民族、家族、家庭、职业以及周围环境等要素交会融合的产物，是一个人对事物的“判定”“鉴别”的规则，及其所坚守和遵循的“秩序”“礼数”“礼节”；是大到一个民族小至一个人在特定的地理、历史、经济、政治等条件中形成的生活方式。其外延有两个触角或指向：向外是人类表达自己和解读世界的一种方式，向内是自身生命和心灵欣欣向荣的营养素。

一个人的文化，常常通过其以世界观、人生观、价值观为核心而形成的观念形态与行为方式表现出来。什么场合说什么话最为合适，一件事情怎样做才算得体，直至一个人举手投足，都传达着文化的信息，泄露出文化的秘密。一句十分熟悉的“哪里住惯哪里好”，传达出浓厚的文化寄托与文化粘连。一件事情让你感动，引发共鸣，都是文化在背后起着作用。

先是，作为精神生物的人类，任何个体的生命，都生存在一个集体的“母体”之中。母体意义不仅仅在于物质性、地域性，更耀眼在于精神性和文化性。母体的精神性、文化性，民族的“集体记忆”，被誉为“精神家园”，她在我们出生之前就以背景形式缤纷而厚重坚固地存在了，像先于我们而存活的村庄、榆钱树和灰色瓦垄的老屋。

天地氤氲，万物化醇。文化以力量的方式存在与显现，这力量像一朵无形无状的风，隐蔽地盛开在时间深处。其功能在于文以载道，以文化人、以文化物。文化力量的作用，不是疾风暴雨，而是潜移默化，渗透濡染，《孔子家语》：“与善人居，如入芝兰之室，久而不闻其香，即与之化矣。”兰花定律：久闻其香，则其香不闻。一个民族、一个国家的相融团结，一对夫妻之间的磨合执手，都依赖于文化的调谐润滑。一件事情让你感动，引起共鸣，即是文化的东西文化的力量在背后起作用。“秦王扫六合，虎视何雄哉。”中国第一个封建王朝秦帝国，其统一六国的最终力量，不是车辚辚马萧萧，不是锋刀利剑，不是文字和货币，却是文字与货币背后的文化。

精神属性的文化，常常通过有形的文化符号，物化为可感可触的直观形象。夏陶、商铜、周漆、汉玉……所以成为一个朝代的标志，不完全因为艺术美感，更在于它们承运着历史的底蕴，传递着人类文明的信息，跳动着所属时代的文化脉搏。美国《新闻周刊》曾对21世纪最有影响的12个国家文化形象符号展开创意评选，其中美国以好莱坞、麦当劳、NBA等数之家珍；中国列孔子、长城、丝绸、瓷器、京剧等彰显国粹。

秤砣虽小压千斤，乃是对杠杆原理的一个经典证明——给我一个支点，我可以撬动地球。秤砣为“权”，秤杆是“衡”，所谓“权衡”。权质本为铜材，古人造字何以不取“金”作偏旁而用了“木”？因为秤杆“衡”为木料造做，这便很好地传达了古人造字的文化态度与文化精神，将“毛”对于“皮”的依附和基本尊重，隐含在文字里边，颇具人性化，极富人情味。

文化无处不在，无物不显，像花香弥漫于空气。隐形的文化，说不出，写不出，画不出；不是一加一等于二，不是酸碱中和生成盐和水。它就藏蕴在事物背后，沉潜在事物深处。犹如诗意之于诗行，建筑意之于建筑物，风之于依依杨柳，时间之于钟表指针的行走；白昼是一只眼睛，黑夜是另一只眼睛。白昼在事物表面晃动，黑夜在事物深处歌唱。

国民之魂，文以化之；国家之魄，文以铸之。文化，既是一个国家和民族与世界对话的独特声音，又是一个国家和民族逻辑发展的不竭动力。

一个民族的文字体系，一定与这个民族认知心理相对称。语言文字破碎失传，一个民族的文化家园就会荒芜，成为冰雪覆盖的空旷；其历史大门就会沉重而永久地关闭，以致传统文化与历史的未来之路也便永远地中断了。

19世纪，英国对于殖民地与文化之间的选择，态度明朗：宁可失去印度，也不可失去莎士比亚。

今日全球化语境下，语言文字的花卉，面临严冬寒潮的摧残。2月21日，这个普通日子，被人类赋予深刻内涵，成为世界母语日。德国2001年设立的雅克布·格林奖，是德国奖金最高的语言奖，目的就是为“保卫民族语言在世界的地位”。曾任法国司法部长的雅克·图邦强调，英语占主导地位的互联网是一种“新形式的殖民主义”。

法国通过一项法律：在该国互联网上进行广告宣传的文字必须译成法语。希拉克解释：这是保卫法语的国际地位，在网络时代的文化对抗中“确保莫里哀和加缪的语言不在信息高速公路上漏掉”。

保卫本土文化安全，坚持自己文化主权，正在成为世界各国的深刻觉醒。

谁的声音？像高尔基笔下那只“黑色闪电”般的海燕，在苍茫搏飞中呼号：一场伟大的、最后的斗争在等待着心灵。

经史子集《国语》千年《左传》，夏商庄老《周易》万世《春秋》。“中国人会不会在下一个世纪的网络上变成流浪的吉卜赛人？”与其说这是一声沉重忧虑，毋宁说它是一声尖锐呐喊！

……

我们不可能超凡，但可以脱俗。生命无法不朽，却可能创造不朽。用眼睛浏览云冈，一个小时足矣；用心灵去品读，需要一生时光。伊索克拉底说过：雅典已使“希腊人”一词不再表示一个种族，而是一种精神。

是的，云冈是一座石窟，更是一种精神。用近乎一百年的时光，把一件十分不容易做到的事情，做得十分的好，十分的精美，十分的辉煌。本由人造，疑似天开。这就是致广大而尽精微的云冈精神！

这就是创造云冈这一人类奇迹的北魏王朝的精神。

这就是创建北魏这一神奇王朝的拓跋鲜卑人的精神。

这就是一个远居大鲜卑山嘎仙洞鲜为人知的微型民族，从深山密林到草原湖泽，从雁塞高原到一马平川的中原，当家做主，成就王朝霸业的“北魏之谜”或“云冈密码”。

青春的太阳（外一章）

谁的手指？灵巧地撩开星星扣着的夜幕。霞光和祥云振翼飞天的大背景下，我们走向生活，开始创造属于自己的故事，谱唱充满个性的乐曲。

鲜红的太阳升起来了，像中国四月的牡丹，怦然绽放，硕大无朋，城市楼厦的每一窗玻璃，道路两边每一片树叶，每一颗露珠，远处蜿蜒的河流，荡漾的湖泊，都闪耀着生命的欢呼，燃放出激情的光焰。

一只洋溢雄鹰气质的小鸟从我肩头掠过，像一个金色的箭头，噌地射向远方的地平线，留下一道意味深长的暗示与祝福。

太阳坚定地跟在我们身后，像慈祥而又严肃的父亲。我看见我的身影，巨大，笔直，挺拔，昂扬，奋发，像伟人一样自信，像英雄一样豪迈。我的脚步，像鼓槌，在大地的胸膛上踏出青春无敌的强音，一串深深浅浅的脚印，光华炫灿，是怒放的青春之花，献给生活，献给世界，献给未来！

小松鼠的春天

小松鼠下山走亲戚，第二天回家时，带了一袋五颜六色的花籽。小松鼠说，他要种一座五彩花园，好让春天也有个家，把春天永远留在身边。

天上的云朵五彩缤纷，小松鼠一路追逐着，活蹦乱跳。还未到家，就大声喊：爸爸，我带回一袋花籽，我要给春天种一座漂亮的五彩花园。春天有了家，就再也不会离开我们了……

听到小松鼠叽叽喳喳的吵闹声，松鼠爸爸从屋里走出来，他从小松鼠背上摘下花籽袋，咦？里面怎么是空的！仔细一看，袋子下面绽开一个小洞，松鼠爸爸明白了，不禁笑出了声……

第二年春天，小松鼠和爸爸一块去山下亲戚家。小松鼠轻轻推开门，眼睛骤然被一片鲜花照亮。哇！五颜六色的花朵，一丛丛，一簇簇，从山顶一路铺向山下，像天上的云霞，婀娜多姿，灿然绚丽。风儿吹过，花路又像一条花河，溅起一波又一波烂漫的欢笑……小松鼠惊诧得傻了眼。

松鼠爸爸弯腰抱起小松鼠，用手指着眼前这条一望无际的花带说：孩子，是你把春天带回了家！谁的心里有春天，春天就会和谁永远在一起。

小松鼠摇摇头，一脸疑惑，眼睛瞪得像两只小铃铛。看着纳闷不解的小松鼠，松鼠爸爸认真地说：是你去年带的花籽撒了一路，如今长成了一条铺满鲜花的路，一道人间美丽的彩虹，一幢春天永驻的花房。

魏碑：一个王朝的发声（外二章）

中国书法衍繁到北魏，墨云蒸腾，奇峰叠翠，炫出一道魏碑奇观。魏碑亦称“魏楷”，其承汉隶，启唐楷，与晋朝楷书、唐朝楷书并称“三大楷书”，彼此竞相开放，浓芳袭人。

魏碑实乃汉文化与鲜卑文化融合的结晶，也可谓游牧边塞文化撞击中原华夏本位文化的产物。

楷书萌发于魏晋之际，钟繇的《宣示表》等作品已趋成熟之态。晋末，大批西晋知识分子随晋室南渡，北朝书风便与南朝河分两岸，大相径庭。清朝刘熙载论曰：南书温雅，北书雄健。

魏碑由隶入楷，化隶成楷，成为楷书另一源脉：其一，魏碑多为民间工匠书家之作，清新刚健，鲜然勃发，生活气息春云葱茏，与南朝士大夫“风流蕴藉”书风迥然相异。其二，北魏民间书法家们，一面直接从汉魏时期的隶书汲取营养，一面按照生活的样子雕刻摹写。用笔率性率真，自由奔放，架构因势赋形，变异曼妙，不像唐楷法度拘泥，结体规范划一，笔画间距离关系过于“精确”。清代包世臣《艺舟双楫》曰：“北魏字有定法而出之自在，故多变态；唐人书无定势而出之矜持，故形板刻。”其三，以刻为写，刀锋凌厉，笔力遒劲，金石气宇，浑朴厚重。《金石萃编》一书说：“按造像立碑，始于北魏，迄于唐之中叶。”欧阳询、褚遂良、李北海、苏东坡、米元章、黄山谷乃至赵孟頫、黄道周、倪元璐、张瑞图等，皆从魏碑中汲取精华，丰其羽翎。清中叶碑学兴起，何子贞、赵之谦、郑板桥、李瑞清，近代于右任诸家纷纷从魏碑脱颖而出，开宗立派。“平整宜从唐入手，风云可向魏晋寻。临摹须走蚯蚓道，博览犹似蜜蜂身。”赵之谦《章安杂说》写道：“二十岁前，学《家庙碑》，日五百字。”启功诗曰：“题记龙门字势雄，就中犹属始平公，学书别有观碑法，透过刀锋看笔锋。”于右任融行书与隶之笔意于北魏楷书，遂自创一格，独步书林：“朝临石门铭，暮写十二品。辛苦集为联，夜夜泪湿枕。”徐悲鸿有名联“白马秋风塞上，杏花春雨江南”，疏朗而凝密，柔软却刚劲，氤氲着浓厚的北碑遗韵。

魏碑体多用方笔，如斧如凿，棱角刚健，无丝毫圆滑世故之风之气；如剑如戟，铿锵作鸣；笔画不拘不泥，长短有致，一如宋词元曲；参差中有章法，错落中见严谨；笔力遒劲挺拔，气势雄健豪放。

作为一种新型字体，魏碑融进拓跋鲜卑人的个性追求，奔卷着一股北魏新型王朝的皇风帝气。“刊石勒铭”，寄志抒情，是拓跋氏的一个传统情结。北魏历代帝王每每赢取战功，总是以石为纸，刊于其上，如拓跋珪“袭五原，屠之。收其积谷……于塞北树碑记功”；拓跋焘“勒石漠南，以记功德”；拓跋濬“登碣石山，观沧海……改碣石山为乐游山，筑坛记行于海滨”。

“书法在北魏可以独立……书法以北魏为主系，唐为润系。”梁启超对中国书法卓有见地，康有为连连点头称是：“北碑莫盛于魏，莫备于魏。”又一边抚摸《晖福寺碑》，一边激动不已地赞其“书法高简，为丰厚茂密之宗，隶楷之极则”，后于《广艺舟双楫》列数魏碑十美：魄力雄强，气象浑穆，笔法跳跃，点画峻厚，意态奇远，精神飞动，兴趣酣足，骨法洞达，结构天成，血肉丰满。

北碑之林，唯《晖福寺碑》与《张猛龙碑》最为秀卓。《晖福寺碑》，刻于北魏太和十二年（488年），篆额为“大代宕昌公晖福寺碑”，现藏西安碑林。此碑系魏碑早期代表作，方峻端整，锋芒犀利；碑阴所刻少数民族姓氏，稀粹为民族史研究重要资料。《张猛龙碑》全称《魏鲁郡太守张府君清颂之碑》，立于北魏明孝帝正光三年（522年），现存曲阜孔庙，碑文记颂魏鲁郡太守张猛龙兴办学校功绩，碑体乃魏碑后期佳构，其笔触法势清新自然，流荡天真，从心所欲，却不逾矩。两碑前呼后应，交相映照，以北碑乃至中国书法里程碑意义，为人们所珍爱与仰敬。

“揽万里于尺寸之内，罗百世于方册之间。”魏碑书体与云冈石窟一样，也是一座宏伟的开凿和建造，或者说，它是书体的云冈石窟。而云冈，不正是一块巨型的“魏碑”？那刀锋、那线条，给中国书法以奥妙无穷的启悟……

平城作为魏碑发祥之地，精品灿烁，俯仰可拾。分别出土于大同市城南智家堡北沙场的明元帝永兴元年（409年）“王礼斑妻舆”墓砖、大同城东沙岭村壁画墓太武帝太延元年（435年）的破多罗太夫人题记，见证着魏碑的初创。太武帝太延三年（437年）《皇帝东巡之碑》，魏碑书体已成定势，至《司马金龙墓铭》《永固陵碑石残片》，日臻成熟。尤是文成帝《南巡碑》，惊世骇俗，闪电穿云。其笔力苍健，气势雄浑，令人叹为魏碑观止。

道武帝开国立政，太武帝统一北方，两帝皆以“武”标称，谓武力征服时代；文成帝、献文帝、孝文帝三帝皆以“文”扬名，属文治时期。文成帝感谢拓跋珪和拓跋焘，他们以热血与冰剑，为他的国朝日月抹上和平无战事的亮色，“四方无事，国富民康”，使之有财力、物力、人力和精力开凿云冈石窟，也让他在太阳底下，车辚辚，马萧萧，大规模南巡。

《魏书·高宗纪》记述：“（和平二年）二月辛卯，（文成帝）行幸中山（今河北定州市）。舆驾所过，皆亲对高年，问民疾苦。诏民年八十以上，一子不从役。灵丘南有山，高四百余丈，乃诏群官仰射山峰，无能逾者。帝弯弧发矢，出山三十余丈，过山南二百二十步，遂刊石勒铭。”这一通《皇帝南巡之颂》碑，被后人崇敬为弃武尚文治国宣言。此碑现在大同市灵丘县境内，《水经注》所谓“御射台”上，碑文字迹依稀可辨，有“皇帝南巡自定州至于邺都所过郡国……”云云。

谈及魏碑，无论如何不可忽略“嘎仙洞”洞壁上刻写的太武帝“祝文”。

“人似秋鸿来有信，事如春梦了无痕。”前来平城朝贡的乌洛侯国使臣，向太武帝献上一份特殊“礼物”——在大鲜卑山发现拓跋氏祖庙“嘎仙洞”的佳音。

太武帝遂选派一支由五百多人组成的朝圣队伍，浩浩荡荡，自平城出发，从春天走到秋天，行程四千余里抵达大鲜卑山，虔诚拜祭了祖先圣庙，并将其嘱托的一篇祭祀文诰雕刻在嘎仙洞洞壁。这篇后来收录在《魏书》里的“祝文”，成为嘎仙洞即是鲜卑人祖宗石室的确凿依据，也是一幅精粹秀杰、具有里程碑意义的魏碑书法珍品。

“云为山态度，水借月精神。”佛教推波魏碑书法，魏碑助澜佛教艺术。寺庙是弘扬佛法的重要场所，书法是寺庙文化的诗意符号。云冈石窟第十一窟内的“太和七年题志”，作为魏碑早期稀缺之作，当属上乘之品。其谋篇布局，厚重浑朴，洋洋大气；用笔劲挺沉静，酣畅雅美；骨力苍古，隶韵飞动；刚柔圆曲，妙味十足。正所谓“咫尺有万里之势”，实乃“体庄茂而宕以逸气，力沉着而出以涩笔”之典范。在万佛堂石窟《元景造像碑题记》前，梁启超眼睛一亮地赞说：天骨开张，光芒闪溢。

经书在敦煌文物中熠熠闪光，这些经书里已发现有21件属北魏写经真迹。《龙门二十品》之第一珍品《始平公造像记》，乃公元489年北魏平城时期所刻。

书画同源，写到极处便是画，画到极处即为字。北魏书法独领风骚，其壁画亦堪称一绝。石家寨北魏司马金龙墓葬壁画屏风漆画，烈女、将相、高士、逸人……众生百相，世态万象。《中国美术全集》解读：“其绘画风格颇近于传为顾恺之的《女史箴图》，人物悟对通神，色彩富丽，略有渲染，线条勾勒工整，属铁线描。”大同沙岭北魏墓中壁画，一笔一画，一线一描，透出浓烈的草原生活气息，被列为“2005年全国十大考古发现”之一。

五岳五条屏

江山如画，汉字象形。外师造化，道法自然。

华夏有五岳，天下闻盛名。一山一幅画，五岳五条屏。

恒山如行书，泰山如楷书，华山如篆书，嵩山如隶书，衡山如草书，五岳天地书。

《洞天记》曰：“黄帝画野分州，乃封五岳。”《诗话》载：“至周始有五岳。”

初，秦始皇泰山祭祀封禅，开中国帝王报天地之功行为艺术的先河。《史记》率言：“自古受命帝王，曷尝不封禅？”而李斯用小篆刻石记事，滥觞书法与五岳亲密接触之不解情缘。

书画与山川，生来即有不解和无尽之缘。大自然从来就是书画艺术的母本，而书画只是大自然的摹写与抄袭。

凡造型事物，皆线条之艺术，并以点线面为基本元素。

山也这般，水亦如此。仓颉“始作书契，以代结绳”。其“远取诸物，近取诸身”。虽为造字，亦乃画画。“穷天地之变，仰视奎星圜曲之势，俯察鱼文鸟羽，山川指掌，而创文字。”（《春秋元命苞》）

天人合一，触景生情。言为心声，心为画源。“一画开天地”，万象挫笔端。言之不足，或嗟叹之歌咏之手之舞之足之蹈之；或笔之墨之书之画之。

一山一岳有四季，一季一山景不同。每个人都是大自然之子，敬畏大自然，亲近大自然，呵护大自然，是我们血脉与情缘所系。而回归大自然，融入大自然，更应为书家画家一生的功课与追求。

“一畦杞菊为供具，满壁江山作卧游。”倘若以五岳为大画室，以每一座山为一个画案，志融高山，情洒江河，其书其画必收藏于人心，展映于天地之间。

白纸上的黑色之舞

世界是节奏的世界。

节奏是宇宙的心跳。

人间万物皆属节奏的产物。

节奏尤以黑白为常为本。《老子》云：“知其白，守其黑，为天下式。为天下式，常德不忒，复归于无极。”《周易参同契》曰：“知白守黑，神明自来。万物负阴而抱阳，负阳而抱阴。”《太极图》中两条阴阳鱼，畅游自然，动静守恒，黑白交替，周而复始。

天地是以黑白为节奏的神圣典范。昼夜分明，阴阳为道。白淡黑浓，黑尽白来。太阳和月亮两只钟摆，一金一银，一来一往，支撑着大自然万象纷繁而精密有致的秩序。

围棋与足球，皆为节奏的游戏或博弈。围棋对阵，执黑举白，奥秘无穷。足球黑白交织，明暗变幻，出神入化。

书法是节奏的艺术，是白纸上的黑色舞蹈。舞者以纸为辽阔江天，以墨为彩练长袖，以笔为灵手妙足，手之舞之足之蹈之。抒心底之情，发灵魂之志，表象外之意。或梨花纷扬，玉壶冰月。或黑云呼啸，墨雨跳珠。或电闪雷鸣，长虹贯日。或飓风急骤，狂涛拍岸。或湍流惊瀑，飞翅落天。或清溪潺湲，蝌蚪嬉游。或老树枯藤，抽鞭断水。或春风剪裁，新花万枝。或龟裂布地，缝隙绽壁。或惊蛇掠草，归雁照影。或雪泥鸿爪，鹰搏鱼翔。或雾锁顿开，天晴日朗……

“精美出于挥毫，巧妙在于布白。”“字画疏处可以走马，密处不使透风。常计白以当黑，奇趣乃出。”黑白节奏铿锵中有悠扬，阴阳韵律空灵里见奇妙，便是书法无法之法，非道之道。

书法是中国的国粹，是中国文化的精髓。中国舞动书法空灵妙曼的线条走向世界，世界在中国书法黑白节奏与舞蹈里找到形而上的诠释。

东坡三章

春 景

一日，苏东坡闲步郊外。时值吹面不寒杨柳风的早春，路边杏花退却了残红，露出毛涩涩的青杏。紫燕巧尾如剪，裁出杨柳岸满眼嫩枝细叶。沿着曲溪绿水，迎面是一户院墙围合的人家。一阵女子的笑声从墙里飞出，打在他身上，俨然沾衣欲湿的杏花雨。

东坡脱口而吟：“墙里秋千墙外道，墙外行人墙里佳人笑。”好奇心驱动着，东坡隔着院墙，抑或是猫着腰透过门缝，与里面的佳人作了诗意的对话。可惜这对话效果不尽如人意，东坡无奈留下一声千年感慨：“笑渐不闻声渐消，多情却被无情恼。”

东坡究竟说了什么？里面又是作出怎样的回应？原本火辣辣的欢笑，缘何骤然熄灭？沉鱼落雁，这恐怕只能是一桩千古谜案了。

淡月失梅花

一日，苏东坡正与黄庭坚在书房切磋诗艺，翩翩然走进了苏小妹。

一番寒暄之后，苏小妹落座，一笑说，二位堪称当今文豪。

苏东坡和黄庭坚一脸谦虚道：不敢，不敢。

苏小妹收起笑容，调整一下坐姿说：我今日来特地带了一联，请两位分别为之各添加一个动词，如何？

苏东坡与黄庭坚彼此相视一眼，遂一同点头道：愿闻其详，愿闻其详。

苏小妹起身，风摆杨柳般边走边吟：清风细柳，淡月梅花。

苏东坡听罢，击掌而赞：妙联！妙联！

黄庭坚听了，暗自一叹：陷阱！来者不善，善者不来。今日倘若不慎，必栽无疑。遂装聋作哑，沉默不语。

苏东坡侧脸而瞥，见黄庭坚一派沉思状，便大声抢答：我这里有了——上联加一“摇”字：清风摇细柳；下联加一“映”字：“淡月映梅花”，如何！说罢，得意之色，流于嘴角，溢于眉间。

孰料黄庭坚无声，苏小妹不语，东坡便有几分尴尬，颇似窗外那株烈日下的紫竹，叶子打卷，幽幽然蔫在了一边。

苏小妹清风淡月地走到黄庭坚面前，抱手作揖，二笑道：黄兄请。

黄庭坚连忙起身还礼：三谷愚陋，才学疏浅，还请小妹赐教。

苏小妹略作沉吟，遂三笑道：那就容我班门弄斧了——这上联可添一“扶”字，下联可添一“失”字，合起来便是：“清风扶细柳，淡月失梅花。”

琴酒溪云

世间多少遗憾事，都付一声无奈中。人们共同的无奈之一，便是美人迟暮，英雄垂老。位卑未敢忘忧国的陆游，“心在天山，身老沧州”，仰天慨叹“一身报国有万死，双鬓向人无再春”。闻鸡起舞、挑灯看剑的辛弃疾，忽有一日，看到秋叶飘零，遂澄怀千古，奋笔疾书，“凭谁问：廉颇老矣，尚能饭乎？”不禁“红巾翠袖，揾英雄泪”。

胸燃浩气贯虹志，怀抱彩云追月情。人的情感多元多彩，情绪曲线波动变化，所谓触景生情，情随境转。先是，王勃青春年少，高歌一曲“海内存知已，天涯若比邻。无为在歧路，儿女共沾巾”，震古烁今。后看罢“落霞与孤鹜齐飞，秋水共长天一色”，遂郁郁然发抒穿越之感：“别有江海心，日暮情何以。”曹操面对“秋风萧瑟，洪波涌起”，不觉心生“冉冉老将至，何时返故乡”的情愫。而曹孟德毕竟是“有包藏宇宙之机，吞吐天地之志”的豪迈丈夫，其转而一扫红尘暮气，情怀若战旗猎猎：“老骥伏枥，志在千里；烈士暮年，壮心不已。”不肯熄灭心中困兽犹斗的呼呼火焰。苏东坡向来惜时，惊呼“春宵一刻值千金”。这不，一篇文章未就，不觉东方已既白，苏子瞻慨然“明月几时有？把酒问青天”。及至“新月与愁烟”交织的人生黄昏，他捋一捋白胡须，喃喃而语：“几时归去，作个闲人。对一长琴，一壶酒，一溪云。”话音未落，又豁达超拔，“老夫聊发少年狂”“鬓微霜，又何妨”“会挽雕弓如满月，西北望，射天狼”。

审美意象与诗的灵魂

（一）

诗，当是灵魂。

事实上，尽管写诗人比读诗人还要多，而我们却被那些没有灵魂的诗所围困。

我常常想起康德的批评。

“某些艺术作品，虽然从鉴赏力的角度来看，是无可指责的，然而却没有灵魂。一首诗，可以写得十分漂亮而又优雅，但却没有灵魂。一篇叙事作品可以写得精彩而又井然有序，但却没有灵魂。一篇节日的演说，可以内容充实而又极尽雕琢之能事，但却没有灵魂。甚至一个女人，可以说是长得漂

亮、温雅而又优美动人，但却没有灵魂。”（《判断力的批判》）

面对商店橱窗里身着时装的模特，我们可能为她的漂亮而赞美，但绝不会向她求爱，除非神经出了问题。一束人工制造的花，不管怎样的美丽和逼真，最多只能骗过人的眼睛，却无法令蜜蜂上当。林逋“疏影横斜水清浅，暗香浮动月黄昏”把梅花的美态描写到了极致，远不及陆游吟诵得叫人感慨和激动：“驿外断桥边，寂寞开无主。已是黄昏独自愁，更着风和雨。无意苦争春，一任群芳妒。零落成泥碾作尘，只有香如故。”如果说这是对梅花的纯粹描写，无论如何也不够准确，这是一个“梅花人”，这是一朵“人梅花”。而杜牧“停车坐爱枫林晚，霜叶红于二月花”，又如何与陈毅“西山红叶好，霜重色愈浓”同日而语？雪莱的名篇《西风颂》以一种“冬天来了，春天还会远吗”的精神力量，鼓舞多少身处逆境的人，顽强乐观地生活下去。

“野火烧不尽，春风吹又生”“春蚕到死丝方尽，蜡炬成灰泪始干”，虽然都是描写一种自然景象，却因揭示了具体事物里某种潜藏的独特深意，沟通了大自然与人类精神世界的联系，成为一种二者共同拥有的真理。这些诗，终以强大的生命力，穿越时空，绝唱千古。

相反，某些被无限推崇的所谓现代派诗，除去在审美意象和表现手法方面新奇独特外，使人感到苍白如蜡。如庞德的《地铁车站》："人群中这些面孔幽灵般显现 / 湿漉漉的黑色枝条上无数花瓣。" 托·休姆的《在船坞上》："午夜，静静的船坞上 / 缠着系满绳索的高耸的桅杆中 / 明月悬挂。那显得如此遥远的 / 只是孩子的一只气球，玩完之后忘了。" 这仅仅是一闪印象，一缕感觉，与其称作诗，倒不如确切地唤作 "零碎的诗句"。无须回避，它们有可能在某种感觉上，引起人们的愉悦和美感，但却很难引发读者心灵的震颤。这种反差和效应，是因为诗中有无灵魂所致。

（二）

灵魂是一种主宰肉体的非物质存在。汉语里有 "魂飞魄散" "魂萦梦绕" 等成语。在组成生命的两大部分灵与肉之间，肉为物质，灵属精神；肉是载体，魂为主导。没有灵魂，人就成了 "植物人" 或是 "木乃伊"。

"灵魂" 在康德那里的解释是："心灵中起灌注生气作用的那种原则。" 就诗来说，"无非是显现审美意象的能力"。

我们谁都没有像看到河流那样看到过风，但可以通过树枝的摆动、麦浪的翻滚来认识和想象。诗魂亦然。我们总是通过审美意象来感知它的存在。

“意象”，是现代诗歌中最积极最活跃的要素之一，或说是现代派诗歌的一个重要特征。本世纪初在欧美出现了一个新鲜的诗歌流派，由于他们主张诗主要是用 image 来构成，我国便译之为“意象派”。image 这一英语单词，有“象”“肖像”“偶像”“映象”“物象”等多种意义。“意象派”的主将庞德解释 image 为“思想与感情的复合体”，“是在刹那间所表现出来的理性与感性的情绪”。

作为评议文学的一个术语或一种理论，“意象”在中国产生和应用极早。庄子在《天道·轮扁议书》中说:“语之所贵者，意也；意有所随，意之所随者，不可以言传也。”既然“意”不能用语言传达，那么通过什么形式才能显示出来呢？《老子》一书作了补释:“道之为物，惟恍惟惚，恍兮惚兮，其中有象。”亦即老子意象中的“无状之状，无物之象”，就是通过“象”来体现“意”。这是最早的“意象”之意，以及“意”与“象”之间，微妙关系的阐释。战国时期的《易传·系辞》中说:“书不尽言，言不尽意……圣人立象以尽意。”对老子的“象”作了进一步发展，“意象”一词可谓呼之欲出了。及到东汉时的王充，在其《论衡》中，终于水到渠成般地铸出了

“意象”一词，与“形象”相对而存在。后来，刘勰的《文心雕龙·神思》标举“独照之匠，窥意象运斤”，主张“神用象通，情变所孕。物以貌求，心以理应”。不仅基本上确立了“意象”理论，而且进一步探讨了“神”（意）与“象”的关系。

陈良运先生在《中国意象诗大观·序》中对中国的决象诗作了考察，指出其早在《诗经》甚至《周易》中就有了，虽然还不属于自觉的创造，只是限于“隐喻”来使用。从屈宋辞赋到汉魏乐府和文人诗歌，意象化表现经历了一个嬗变期，渐渐趋向自觉，具象型象征性意象已臻成熟。自唐以后，诗人对意象化的创造，进入了自学自为的境界，司空徒说“意象欲生，造化已奇”，并为此特别强调“离形得似”。由诗而词，由词而曲，都以此为最高审美追求。明代“前七子”之一的王廷相，有一个可以视为总括性的评价：“夫诗贵意象透莹，不喜事实粘着，古谓水中之月，镜中之影，可以目睹，难以实求是也。……示之以意象使人思而咀之，感而契之，邈哉深矣。此诗大致也。”

“意象”与“形象”的区别，主要在于“形象”是以“形似之象”，具有对客观物象“再现”的性质。而“意象”，虽然有时要从物象出发，但求的是“象外之象”，“景外之景”，使读者因形而得意，得意而忘形，获得“意外之象”。如美国意象派诗人埃·罗厄尔《境遇》:“在枫叶上/露珠红红地闪烁/但在荷花上/露珠有着泪滴般苍白的透明。”通过一颗露珠在“红枫”和“白荷”两种反差强烈的环境中的命运,来揭示人生的某种境遇,以露喻人,寓人于露,物象鲜明生动,意象引人深思。

由于主观感情“随意性”机制的作用,诗人常常对物象实行错位、变形、撞击反射,从而就使意象有时呈现为一幕荒诞离奇的场景,或一段恍兮惚兮的梦幻。我们可能背诵不来埃里蒂斯的《疯狂的石榴村》,但其所营造的那种光怪陆离的氛围,以及氛围所显示的某种精神的东西,却常常萦绕你,笼罩你。你无法言传,却深深意会。艾略特的《小吉丁》一诗系艾略特晚年所作并被诗人自己认为是平生最优秀的诗作,且是因之而获诺贝尔文学奖的长篇组诗《四首四重奏》之一。诗中,艾略特“在即将消逝的暮色中”与一位“曾经相识,但已淡忘的已故大师”相遇,并展开大段的精彩对话。这一寻常生活中不可能发生的场面,被诗人写得出神入化,异彩纷呈。艾略特说:“诗的晦涩是由于略去了链条中的连接物,略去了解释性和连接性的东西,……这种意象和思想的持续的选择毫无一点混乱,不仅仅有概念的逻辑,也有幻想的逻辑。”

（三）

审美意象如何显现灵魂？

其一，用康德的话来讲，是与“理性观念相对称”。“诗人肩负了这样的工作，要把看不见的一些更改观念的东西，如像天堂、地狱、永恒、创世等，翻译成为可以感觉到的东西。再或者把经验中所发生的事情，如像死亡、嫉妒、恶德以及诸如爱情荣誉之类的东西，借助于想象力的帮助，不仅使它们具象化，而且在具象化当中使它们达到理性的最高度，显示得那么完满，以致使得自然本身相形见绌。”（康德语，同前）这时的审美意象，虽然从属于某一概念，但却是丰富多样的，很难找出它所表现的是某一确定的概念。这样，语言也就不再是一种单纯的文字，而与精神（灵魂）紧密地联系在一起了。

林逋的梅花，仅仅是一幅模拟自然的“文字画”，而陆游的“咏梅”，却跳动着一颗活泼泼的灵魂。看似笔笔不离梅花，实则句句在写自己。读者既观看梅花，又面对诗人。许多人传唱三毛的《橄榄树》，有谁说得清“橄榄树”放射着什么，是爱情之彩，是乡恋之光？它已经不是地面上物质的春华秋实的那株橄榄树，而是“梦中的橄榄树”，是现实的超越升华，是诗人精神的物质外化。在这株既具体又抽象的意象橄榄树里，沉甸甸注入了诗人的情绪、情感、意识，深深地打动着读者，激起无数心灵的共鸣和回声。

其二，用萨特的说法呈现为一种“非现实的东西”（相同于康德所谓的“第二自然”）。萨特哲理地说：“一声痛苦的叫喊，标志着引起这声叫喊的痛苦。但是，一首痛苦的歌则既是痛苦本身，又是痛苦之外的东西。或者用存在主义的术语来说，这是一种不再存在的痛苦，这就是痛苦。”（《什么是写作》）

“非现实”的意象，与“第一自然”的物象之间，正如魂之于体，体之于魂一样，相互吸附，相互依托。而从结构上说，呈现为一明一暗双屋建筑。萨特对耶稣受难这幅画所作的分析，我们可以借为注释：“耶稣受难处上方天空的那道黄色的裂缝，着色者并不是有意选它来表示苦恼也不是为了引起苦恼，它就是苦难，同时也是黄色的天空，也不是被苦恼折磨的天空；这就是明摆在那儿的一种苦恼，它变成了天空中的黄色裂缝。”（同前）“橄榄树”与“黄色天空”就具有这样的意义，就是诗的灵魂的欢迎弥漫、渗透与“显现”。乔羽先生曾经谈过他创作《思念》歌词的体会。当他推开阔别许久的房门，空旷的房间里，一只蝴蝶翩翩起舞。除了愣在那里，心头涌荡着复杂的滋味，乔羽先生不知该做什么才好。这一场景沉淀很久以后，乔羽先生虽然写了“你从哪里来 / 我的朋友 / 好像一只蝴蝶 / 飞进我的窗口”这样的歌词，但最初看见蝴蝶的瞬间感觉，仍然说不清，道不明，解不透。“此情可待成追忆，只是当时已惘然”，成了一个永远的美丽之谜。

（四）

诗言志，是中国传说诗学原则。这里重要的不仅在于如何理解“志”，更在于“言”的形式是直抒胸臆，还是委婉暗示，诉诸以形象。绘画是直接作用于观众视觉的艺术，但毕竟不是一般的摄影。它同样讲求神韵，“咏物言志”“寓情于物”。追求深邃内涵的包容和透射。正是在这一点上，诗与画有着异曲同工之妙。所谓“诗画同理”，人们评论诗的时候，往往比照和联系绘画进行。前面把林逋的“咏梅”诗说成是“文字画”，那么，现在却要把郑燮的绘画作品“竹石图”评为“画文字”了。“竹石图”的画面极为简单：竹竿三五，瘦石一块，仅此而已。然而笔势纵横，墨有浓淡，层次分明，全幅墨竹神态劲挺而潇洒，生机盎然。尤为可贵之处，在于郑板桥余兴未尽而题写的一段长跋，其中有云：“画竹之法不贵拘泥成局，有似乎士君子豪气凌云，不为俗屈。故板桥画竹，不特为竹写神，亦为竹写生。瘦劲孤高，是其神也；豪迈凌云，是（其）生也；依于石而不囿于石，是其节也；落于色想而不滞于梗概，是其品也。”看是画竹之形，实则传竹之“神”，写竹之“生”。这岂止“画竹之法”，亦是作诗之道。

审美意象的确立，常常来自诗人精心的选择与营造。由于诗人在传达对社会的、人生的、生命的体味时，不是用概念，而是意象，就决定了诗人经常地处在一种艰苦的创造性的状态中，那就是选择体现和诠释概念的意象。显然，之所以是橄榄树而不是别的树比如柳树，就因为前者具有凝重慈爱、令人向往的品格，而随遇而安、浮泛浅薄的柳树是无法承受诗人此时此刻情感和心境寄托的。诗人李瑛总结“学诗五十年”的追求，就是为“表达我涌动的心绪和对自然、社会、人生的体悟”，“努力使笔下所呈现的情境，不再是原有的客观物体，而是达到涵盖更为深广的更大意义上的真实，使诗具有无限鲜活旺盛的生命”。（《诗刊》1993年4月）这种对诗的“体悟”和认知，无疑是诗人孜孜探求的重大而珍贵的收获，我以为具有相当的代表性。

诗中审美意象与诗的灵魂之间有时可以从小说或者影视剧里的人物形象与表象后面思想的关系中启迪和悟出点什么。“两弯似蹙非蹙笼烟眉，一双似喜非喜含情目。态生两靥之愁，娇袭一身之病。泪光点点，娇喘微微。娴静似娇花照水，行动如弱柳扶风。心较比干多一窍，病如西子胜三分。”曹雪芹对林黛玉如此精湛逼真的描画，几乎使我们闻到了林黛玉喘气的声息。但“一百个人读《红楼梦》，就有一百个林黛玉”。因为读者总是透过具体的人物形象，去领略和把握其所放射和呈现出的“林黛玉意义”。同样，在观众心目中，重要的并非严顺开或者别的演员来扮演阿 Q 这个角色（虽然演员的演技是重要的，并有高下之分），而在于通过演员的表演来认识和观照“阿 Q 精神”。不是演员演某个角色，而是角色让演员替他说话行动。这里，演员是被动的，是作为一种工具，操作在角色手里的。阿 Q 之所以活在人们心中，主要不是哪个演员塑造形象的成功，而就源于鲁迅先生深刻地揭示和赋予了阿 Q 一种具有相当普遍意义的民族精神。由此及彼，我们有理由这样说：深邃的诗人总是着力于诗歌灵魂的雕塑，浮浅的诗人往往只热衷和停留在某些诗歌技巧的玩赏。

《维摩经》云：“佛以一音演说法，众生随处各得解，佛以一音演说法，众生各各随所解。”综上，我们可以作出这样的总括：那种看得见的、表现为分行排列的评议物质称之为诗，语音词义表示的视而不见，但可以通过想象捕捉到的事物即为意象，透过意象把握住的那个精神的东西即是诗的意义，而驱使意象去呈现意义的那种神秘力量，那个“原则”，即为诗之灵魂。诗魂“存在于我们要去的方向”，我们真诚努力地追寻，舍此，只会得到诗神的嘲弄。我是说如果有诗神的话。

思之焰

论养气

人因气活，物因气生，天地因气而运转，文章以气而品鉴。“天地合气，万物自生”。凡属生命者，唯气血通畅，则体泰康安。《国语》：“夫天地之气，不失其序。”老子曰：“万物负阴以抱阳。冲气以为和。”风是气的另一种表现形式，遂有宋玉“雄风”“雌风”著名之辩。曹丕较早将气引入文论，所谓“文气说”。文气，乃文章的吐纳呼吸，是文章散发出来的气息。南朝谢赫《古画品录》以“六法”论画，首次提出“气韵”说，并将“气韵贯通”推崇为第一法。之后气韵天成，气韵高远，烟霞气韵……百花逢春，迭出不穷。

西方美学多以“生气灌注之说”谈文论艺，歌德说：“艺术要通过一种完整体向世界说话。但这种完整体不是在自然中找到的，而是他自己的心智的果实，或者说，是一种丰产的神圣的精神灌注生气的结果。”康德道：“所谓灵魂，就是为生命灌注生气的原则。”而尼采作了还原，将气称作“气息”：“凡是吸取我作品中气息的人都知道，这是一种高处的空气，一股强大的气流。”

文章的气息是作者气质的对应显现。小家碧玉做派自然流露纤巧之气，大将风范者必呈黄钟大吕之韵。

“功夫在诗外。”作家创造，首先要注重养气，善于养气。公孙丑问孟子有何长处，孟子语气坚定而自信回答：“我善养浩然之气。”何为浩然之气？“富贵不能淫，贫贱不能移，威武不能屈”。其“至大至刚……塞于天地之间”。遂有诗曰：

有光有明一船月，
无踪无影半江风。
坦荡风月自在心，
浩然养得正气生。

论艺术

每个时代都有每个时代的独特价值，每个时代的价值受孕于这个时代的价值取向。最有价值的时代，绝不会取媚权力、财富和刀剑，而一定以思想、科学、艺术为崇高追求。思想、科学、艺术价值，是考量一个时代高度的标志，是彪炳千秋的黄金文明。

夏陶、商铜、周漆、汉玉、（北）魏雕（像）、唐俑、宋瓷、明木、清（字）画，中国历代王朝更迭，若川剧变脸，多少文明创造一时昙花，风光不再。唯有这一链艺术元素，这一枚枚回音着历史意蕴的艺术符号，延续着、诉说着、鲜活着曾经的文化生命。

艺术，弱者的选择。不，艺术者将自己高强的才华智慧，转化成艺术穿越时空的力量——人们只有在艺术天地里，才能找到原真自己，才能呼吸到清新至纯的空气，才可使化装的人性得到回归复原，让灵魂有了安顿的可能。

流过我们心灵和记忆的不是塞纳河、尼罗河的涣涣河水，而是浸润其中的灿烂文明与文化；孔子耶稣释迦牟尼苏格拉底牛顿笛卡尔荷马但丁名字符号后面，是穿越时空的思想、科学、艺术光芒。苏联作曲家梅特涅尔评赞拉赫马尼诺夫《第二钢琴协奏曲》:“每当第一次钟声震响，你会感到整个俄罗斯都在跃然奋起。”

释迦牟尼若沉湎于净饭王子的锦衣玉食，美色丽彩，何成修佛得道、传经解惑之业？亚里士多德、柏拉图倘如追名逐利，趋炎附势，焉能像普罗米修斯为人类奉献真理之火？

古希腊哲学家泰利斯为反击哲学无用的世俗偏见，以天文知识观测气象，获取到来年橄榄丰收的科学信息，于是租赁了全部橄榄油作坊。橄榄丰收之际，泰利斯将作坊高价租出，遂赚得大笔利润——亚里士多德借题发挥：这件事表明，哲学家如果想赚钱是很容易做到的，但这不是他们的兴趣所在。

“如果你有两片面包，请拿出一片去换取水仙花”（穆罕默德）。固守物质的面包，徘徊于鱼与熊掌如何兼得的层面，怎能抵达水仙花鲜美的人生境界？思想之炬，科学之灯，照亮历史隧道与精神之路；文学之火，艺术之光，温暖我们灵魂的宫殿，鉴映我们生命的尊严与高贵。

踏破铁鞋无觅处，那人却在灯火阑珊处——生活并非缺乏艺术，却总是缺乏感受艺术的心境，以及对艺术的切切关怀。

中庸论

中庸之“中”，非折中之点，而是标志“和”的黄金分割点，是事物呈现展示的一种最佳状态，最佳效果。“白露早，寒露迟，秋分种麦正当时”。中医中药，神奇与奥妙就在于“中和”平衡，几味从田野上采来的草叶花茎，竟“和”成一种奇特的力量和功效，辨证施治，活络化瘀，驱病若抽丝，回黄转新绿。

德国天文学家开普勒，将天体之间存在着深刻而和谐定量关系的认知，写成代表作《宇宙的和谐》：“天体运动不是别的，不过是几种声音交汇成了一种连续的音乐。它只被心智所领悟，而不被人的肉耳所闻。”这一由多种声音汇成的音乐，一定是和谐之声，美妙之韵。

阿尔伯蒂洞彻到“和谐是一种数字比例关系”：一比一是一种味道，一比二则是另一种形态。“我每天都相信毕达哥拉斯教导的真理：自然按照始终如一的方式活动，它的一切运动都有确定的比例。”自行车动态平衡原理，被广泛引进运用到飞机、汽车领域——用动态方式处理高速转动的不平衡。

《四十二章经》说：“佛问：汝昔在家，曾为何业？对曰：

爱弹琴。佛言：弦缓如何？对曰：不鸣矣。弦急如何？对曰：声绝矣！急缓得中如何？对曰：诸音普矣！佛言：沙门学道亦然，心若调适，道可得矣。”

“天空都不足以容纳他的独立性”——荣获诺贝尔经济学奖的美国天才数学家约翰·福布斯·纳什，像一颗天幕上闪烁的星辰令人仰慕。根据西尔维娅·纳托萨《美丽心灵——纳什传》改编的影片《美丽心灵》曾获奥斯卡奖。而纳什创立的均衡及博弈理论的最优策略，却与中国古代中庸之道、中和哲学思想默然契合，仿佛就是中庸与中和的一个注疏与论证。

《管子》云：“天之中而处，此谓因天之固，归地之利。”《荀子》曰：“欲近四旁，莫如中央，故王者必居天下之中，礼也。”

“从君翠发芦花色，独共南山守中国。”“中国”之国名，分明就传达寄托着中庸中和的哲学意蕴。“中国”，像一朵云霞在华夏历史上空游移飘忽，或指京师首都，或指中原地区，或指天子统辖的王国。纵然不是确指，也属九州领地的泛称，且发散着深浓的文化意味与历史气息。正如房龙在《人类的艺术》中所言：“中国不是一个国家的名称，而是一种文化的名称。”因在中国第一次运用心理学分析创作小说《鸠摩罗什》而被尊为中国现代小说奠基人之一的施蛰存，对“中国”的理解，却未免失之于偏颇：“中国，作为一个国家的名称，开始于辛亥革命以后。这以前，本来没有这个国名，如果说它是一种文化的名称，那也是开始于1912年以后。”而历史地理学家谭其骧在《中国历代政区概述》一文前发表的“声明”，又是怎样地带了偏见与对历史的不公：“中国”只指旧籍中的“中国”，即专指汉、晋、隋、唐、宋、元、明、清等中原各朝，不包括边区政权如匈奴、鲜卑、突厥、回纥、吐蕃、南诏、大理、渤海等。

“国”，古代“城”或“邦”之谓也。汉代始，汉族建立的中原王朝被唤作“汉”，少数民族或称其“大汉”，且有华夏、九州、中华、九野、九域、中国等别称，“中华地向城边尽，外国云从岛上来。”中华，取居中心而华美之意。唐代《律疏》有释：“中华者，中国也。亲被王教，自属中国。衣冠威仪，习俗孝悌，居身礼仪，故谓之中华。”

出土西周初年铜器“何尊”，其上有“中国”二字，可谓“中国”一词最早披露发表。“中国”被西方称作China，一说源自中国瓷器输入波斯，继而推广于欧洲，瓷器的光亮映照出一个神秘古国的倩影；一说起源于古梵文“支那”（思维之意），如隋代慧苑法师和《梵文典》撰者、文僧苏曼殊即持此说。中西方文化最初分野与差异——五星分天之中，积于东方，中国利；积于西方，外国用兵者利。

日出东方，日落西山，东西两方天然有别。东方属木，西方属金，金木相克又互为依存。中国人内敛，西方人外向。中国思维呈关联式，综合而有机；西方思维属因果式，分析而机械。中国人奉天人合一为上；西方人以征服自然为乐。中国强调传统文脉，家族姓氏在前个人名字位后；西方彰显个性，先呼名字后唤姓氏。中国画焦墨语言，焦轻重浓淡五墨，写意空灵；西方油画色彩强烈，写实逼真。中国人的爱情委婉含蓄，红叶题诗，鸿雁传情，将琴代语，暗香吹送。“月上柳梢头，人约黄昏后。”“东边日出西边雨，道是无晴却有晴（情）。”“欲寄彩笺无尺素，山长水远知何处。”“花红易衰似郎意，水流无限似侬愁。”西方人爱情奔放狂烈，选择郁金香和玫瑰作为象征。郁金香是荷兰的国花，盛开时，美得叫人不敢睁开眼睛，被欧洲尊为“花之皇后”，奉作“美丽的爱之花”。传说古时有三位英俊少年分别以皇冠、宝剑和金子作为礼物，向同一位美丽少女求爱。少女犹豫不决，遂祈求于花神。花神分别将皇冠变成花蕾，宝剑变成绿叶，金子变成花根，这便是珠光宝气的郁金香。英国及欧美许多国家，皆以玫瑰为国花。据传，耶稣被出卖后，钉在十字架上，鲜血滴入泥土，十字架下便生长出红艳欲燃的玫瑰花。

全球化大趋势大潮流狂涛席卷，高科技信息化桥梁连通在每个人脚下，东西方之间的遮拦物已被透明拆除，凹凸起伏正被日益拉平。反季节水果蔬菜，取消春夏秋冬之差别，网络使南极与北极“微软”亲近如隔壁邻居……人类面前一道共同风景被写成一本书——《世界是平的》。张之洞《劝学篇》悟道：“中学为内学，西学为外学；中学治身心，西学应世事。”这或许是中庸的另一种解读。

谈信用

信用在成熟的商业社会，是财富的一种表征和显示，是一种商业资格和商业绿卡。财富不是信用的唯一凭证，但信用一定包含财富，或获得金钱可以改写人们脸上的表情，可以改写社会传播的舆论，但绝对不会改写事实。事实一旦形成，就覆水难收，成为了永远而无法更改的历史，因此，处事一定要慎之又慎，要对事实怀一份敬畏之情。做人要堂堂正正，顶天立地，万万不可作伪造假，善恶真假一切皆有回报，即使说假话也是要付代价的。民间有话说，先做人再做事。其实做企业就是做人做事，道理相同相通。人无信不立，企业无品牌不名。什么是品牌？品牌不是广告而是口碑，是日积月累长期坚持的结果。因此要像鸟儿爱护自己的羽毛，爱护自己的名称与声誉。

财富的力量。道德对于信用很重要，但仅靠道德不能完成信用大厦的建造。市场不全部相信道德，而一定高度关注能力。信用的光芒，来自道德和能力的相加。一个穷人被拒绝在银行门外，并非银行否认穷人的道德，而是怀疑他的偿还能力。因此，一个有道德的人，要想在商业社会取得信用，必须在能力上下功夫，用实力说话，实力本身，就是一种强有力的语言。

谈重要

我们常用“重要”一词来强调生活中一件事情或一个人、一段时间的特殊意义。什么是重要的事情呢？就是你现在必须面对必须要做的事。家有三件事，先从紧处来。什么是重要的人呢？就是你做事情当中必须接触和打交道的人。什么是重要的时间呢？就是今天就是现在就是当前。把每一件眼下要做的事情做好，连接起来，就做成了你的事业，把每件事情中的每个人的关系处理好，就优秀了你的人品，成功了你的人生。把今天和现在抓住，就抓住了你一生的时光。这一道理或许谁都明白，那么智慧就在于能够正确择选什么是你要做的事。

对于重要的事和重要的人，你必须以真诚面对。真诚是一种态度，一种力量，可使天地动容，山水让路。马云在回忆他和克林顿会谈时说，克林顿眼睛里传达出的真诚告诉他，他是克林顿此时最重要的人，而他们所谈的事是此刻最重要的事。如果你是怀着一颗真诚的心而做错了什么事，那也会被人尊重和谅解。

对于重要的事和重要的人，一定要付诸以认真的行动，于认真中见精神。认真决定细节，认真决定成败。一些中国人在国外，被批评为共性的两点，一是不认真，二是小聪明，切中了我们不少同胞的软肋。老百姓常说，本本分分做人，踏踏实实做事。做事，金石为开，玉汝于成。世界上怕就怕“认真”二字。正是认真天下无难事，认真天下谁能敌？

论情绪

情绪如花，如花之美丽，如花之青嫩，脆然易折，娇然易伤，需悉心呵护，精心培植。

情绪之花，每天都要承接五颜六色的信息风雨，视觉信息，听觉信息，味觉信息，触觉信息……信息风雨，有的显润泽之效，有的带侵袭之害。利好信息营养精神，激活和振奋人的情绪。而消极不良的信息，腐蚀、干扰和破坏人的心境。一群阳光灿烂的朋友聚在一起，情绪就会被点燃，灿然迸放出创造力的青春火花。而一个神情忧郁的人离开后，正像《狼道》作者特瑞曼所说，整个房间都仿佛明亮了许多。

春天来了，到处是明媚多彩的环境信息，生态信息，人们也会心花怒放，跃跃欲试。而萧瑟之秋，寂寥之冬，我们往往会无端和莫名地被郁郁惆怅的云雾轻笼。一个记者调查一桩案件，被案件里传递的恐怖信息缠绕，竟导致精神失常。欧·亨利小说那“最后一片常春藤叶子”，发散秋霜不凋、严寒犹绿的信息，让一位因病而失去信心的女画家，复活了生活的信念与勇气。一首旋律明快的曲子响起，我们禁不住欢欣鼓舞，而一支低缓悲伤的乐曲传来，却叫人潸然泪下。由于想象功能的作用，我们触摸到不同物质，情绪也会作出不同的反应。比如丝滑的触感，会唤起你柔软温暖的回忆。而干涩粗糙的质感信息，会激起你心中不快和不舒服的涟漪。或许我们都有这样的体验：早晨接一个信息色彩鲜亮的电话，一天都会情绪饱满，轻松愉悦。相反，一个灰色的令人压抑的电话信息，会让你蓬勃的情绪枯萎打蔫，像霜雪吻过的秋禾。

情绪在信息面前如此敏感，以至于我们必须严于对信息的遴选与甄别。要在头脑里设置一道“防火墙”，或安装一个过滤器，把不良信息、垃圾信息及时摒除。要同愉快的人相处共事，多接收光泽度强的信息。要多想愉快幸福的事情，用美好的理想和未来信息鼓舞情绪。消极的灰色的信息必须面对时，一定要保持一种平和超然的心态，避免与之发生共振。

精心呵护你的情绪，就像精心呵护一朵花。呵护好你的情绪，就呵护好了你的生活和生命，你的世界就是一座永远四季荣灿的花园。

谈机遇

问：假如有机遇，你会不会把第二个城堡攻下来？

亚历山大：不！我从不等机遇，我要创造机遇。

阿尔卑斯山是可怕的，尤其冬天几乎不可翻越，这一点拿破仑比谁都清楚。只是作为领袖，拿破仑的目光越过山上终年积雪，看到了山那边碧绿的一望无际的平原。

时来天地皆同力，运去英雄不自由。英国诗人雪莱说“历史是刻在时间记忆石壁上的一首回旋曲”，涂抹一层诗人的浪漫情调；德国哲学家歌德说“历史是上帝的神秘作坊”，渲染一笔智者玄妙哲思。奥地利作家茨威格穿越歌德作坊的神秘：“但在这作坊里发生的，却是许多数不胜数无关紧要和习以为常的事……这个作坊通常只是作为编年史家，冷漠而又持之以恒地把一件一件的事实，当作一个又一个的环节连成一条长达数千年的链条，因为所有那些最重要的历史时刻都需要有酝酿的时间，每一桩真正的事件都需要有一个发展过程……一个真正具有世界历史意义的时刻——一个人类群星闪耀时刻出现以前，必然会有漫长的岁月无谓地流逝。”

谈　道

上帝创造了人，谁创造了上帝？

道化生万物，道生于何物？

请问，这条路通向哪里？农夫不假思索地回答：“孩子，如果你走对了方向，它可以通往世界上任何一个你想去的地方。”

一个小孩用几分钟时间，就将父亲撕碎的世界地图拼好。望着父亲诧异的目光，孩子说：“这很简单，因为地图背面是一个人像……”好了，我明白了，孩子，只要人正确了，这世界就正确了。

另一个小孩手里握着一只小鸟考问一个智慧老人：“您能猜出这鸟是活的死的？”老人笑着说：“如果我说是活的，你就会把它掐死；如果我说是死的，你会松开手让它飞走。瞧，孩子，多有意思，这一切都取决于你。”

最后和最亮的光芒永远在自己心里，那是信念之光。信念闪耀，即使黑暗如潮，你的世界也不会被淹没。原来，这世界的许多门竟是虚掩着的，只要肯推，轻轻一推，它就为你打开。难怪《圣经》说，叩门，就给你开门。

历史真是一门妙处难与君说的神秘艺术。是的，这或许还不够，茨威格甚至把历史赞颂为“一切时代最伟大的诗人和演员”，“历史是真正的诗人和戏剧家，任何一个作家别想超过它”。

距离的艺术

距离，包括空间距离和时间距离。草色遥看近却无。墙里开花墙外香。远来和尚会念经。英雄见惯也平常。仆人眼里没英雄。皆为距离作用的结果。恰当掌控距离，是一种艺术，其艺术价值，一如哲学之度，相宜原则，“淡妆浓抹总相宜”。温度不到水不开。凡事过犹不及，真理再向前迈一步便成为谬误。

时间构成历史，时间流动产生距离。时间管理是一门科学，恰当运用时间距离乃为艺术。时间在我们处理任何事情中都是一个重要参数。有些问题倘若时间不成熟，切勿操之过急，要学会忍耐，像狼那样富有耐性。性急吃不着热豆腐。强扭的瓜不甜，不熟的果子是青涩的。善于借助时间之力，把矛盾拱手交给时间，往往会收到瓜熟蒂落的轻松效果。

马

“落日照大旗，马鸣风萧萧。”“越鸟巢南枝，胡马倚北风。”“马思边草拳毛动，雕盼青云睡眼开。”马在许多文明的神话与宗教里，是太阳的化身，常用以祭奉太阳神，牵引胜利的战车。佛教最古老的纪念碑阿育王柱子上的马，被尊为四种神圣动物之一。马在中国属阳，象征雄性，代表勇敢、力量和迅捷，为六畜之首。古典戏曲中的《火焰驹》《红鬃烈马》都把马塑造在舞台艺术之中。《易经》说：“牝马地类，行地无疆，柔顺利贞。”辞典里马的形象是“性灵明，善奔跑”。以毛色之异，《群书考索》将马分之以九十多种：纯黑为栗，黄中斑驳以白点为骠，青黑相杂为骢，苍白相间为骓，白额入口者为的卢……

马产小驹是以一种站立的姿势完成的。母马对落地即站起的小马作第一次爱抚，不是舔之吻之，而是转身到小马驹背后，猛发“突”的一声，令小马受惊，本能地做出奔跑动作。待小马个头长高，公马或母马就会用嘴咬，用蹄踢，将小马赶走，不再去认，为的是让它更早地独立撑起一片动物世界风云变幻的天空。马的死也颇为悲壮，带病带伤也要站着挺着，不失马威，直至生命的灯火彻底熄灭，方才轰然倒下，像一株被伐倒的白桦树。

西域有马，日行千里，出汗若血，人称“汗血马”。汉武帝爱之甚切，几度派人不远万里前往求之。唐太宗高坐龙椅，不愿忘却伴他出生入死的六匹骏马，遂命石匠予以浮雕再现，立于自己陵墓之前，这便是气势夺人的“昭陵六骏”。“白马非马”是中国古代哲学一语极为玄妙的命题。马的特性之一是敢于“闯”，成语有“闯荡江湖”。李自成以“闯王”自傲自美。岳飞写过一篇精短文章《论马》，从道德的高度，对马的优劣作了入情入理的甄别。“驴鸣似哭，马嘶如笑”，这是听觉印象。马通达人性，有义畜之誉，“马行十步一回头”。“马首向何处？夕阳千万峰”。文成帝的御马一眼识得昙曜，便衔其衣角带他到皇帝主人面前。云冈第六窟明窗两壁“白马吻足”浮雕，展现的是“逾城出家”的释迦与所骑爱马“犍陟”

依依惜别的感人场面。

每谈及义马，我的视屏上就会奔跑出李自成的那匹乌龙驹，它虽来自姚雪垠的长篇小说，却在我生活的阳台，投下一束深情怀敬的光柱。大顺皇帝李自成被清兵穷追，孤身南退，流落到湖广通山县境，被当地一帮乡勇所杀。李自成死后，义马乌龙驹为其收尸掩体守陵。此处下载一段姚雪垠先生的美文，以观乌龙驹的一斑义举：

> 从此以后，当地百姓不但说闯王的这一匹马是一匹义马，还说它是一匹神马，没有人再妄想去捉它了。那座山头附近，有一片枫树林。人们看见枫树叶在义马一次一次的长嘶声中红了，在夕阳中红得像一片血海。后来，枫树叶又在义马一次一次的长嘶声中变黄了，也干了，只在黄色中留下残红。天气冷了，山头上落雪了，义马仍然经常站在高山头上，向坟墓凝望，每次凝望后仍然仰起头来，对着长空，发出来苍凉的悲鸣。每次悲鸣以后，就会有一阵寒风吹过，同时那带着残红的黄色枫树叶就唰唰地落一阵。最后在它的叫声中，枫叶完全落光了……又过了若干年，人们再也看不见义马的踪影，也听不见它的叫声，谁

也不知道它是死了还是到别处去了。直等过了几十年以后，这地方太平日久，人口增加，那一片枫树林被砍伐光了，许多松树也都被砍伐光了。山头上露出来很大的岩石，远远望去，那岩石很像一匹雄壮的战马，在山头上兀立不动，凝望着李自成的坟墓。人们都说这是李闯王的战马变的，给这块石头起了个名字叫“义马岩”。

马在生活中的分量，还可以从道路的称谓中见出，古代叫“驿路”“驿站”，我们今天还有“马路”的民间叫法。“驿”是极富诗意的，“蝉声驿路秋山里，草色河桥落照中。”“峰悬驿路残云断，海浸城根老树秋。”“驿楼宫树近，疲马再三嘶。”柳宗元《长沙驿前南楼感旧》诗和《馆驿使壁记》文，皆脍炙人口，传读甚广。陆游那朵寂寞无主的梅花，就开在“驿外断桥边”。四川北部翠云廊驿道遗迹，两侧古柏参天，如马腾跃。西域驿道上毡包状造型的驿台遗址，劝你饮一杯“天地者万物之逆旅，光阴者百代之过客”的苍凉况味。可惜，“驿”从我们生活中已近消失，而日本却作了许多保留，东京地铁站沿途一串“驿”站:新桥驿、赤羽驿、川西驿……

“出师之要，全资马力。”马驮载着拓跋氏夺得天下，功劳何其硕大！然而，鲜卑人并非第一个跃上马背的民族。纪念人类首次跃上马背的玫瑰花，有说应献给东方的匈奴人，有说该归功于当时生活在爱琴海区域的人类——奇迹发生在三千八百多年前一个日出野花红胜火、春来百草绿如蓝的草原之晨。

人类跃上马背的那一瞬，天空、草地、河流、鸟兽、蜂蝶……都惊颤如暴风雨中慌乱失魂的树枝。人骑在马背上的那一方几何图案，与太阳赶着海浪放牧一样雄美辉灿。“人类文明历史上最高贵的一次征服，乃是对马的征服”。人类跃上马背，是一个划时代的历史事件，它再次论证了人类发现、认识、顺应、利用和驾驭大自然的能力，意味着人类可以从地面上腾空跃起，去实现“夸父追日”“嫦娥奔月”那样的飞天梦。

如果把人类从匍匐爬行到直立前进说成是第一次提速，那么让历史骑上马背便是第二次，而汽车、飞机以及阿波罗登月飞船，都只能排序在以后的位次。马踏飞燕——那是一种怎样的速度，使人类获得了全新的感觉。“嘚嘚嘚”的马蹄声敲快了历史的心律，地面上拙朴的动作在空中长成潇洒的起舞。

且慢，人类必须找到和把握一种适合自己的速度，无限和一味地快下去，生命就会像拧在速度上的一枚零件，甩落应有的乐趣和意义。“追日”“奔月”，那是科技领域的速度，日常生活应该有一种与人类心律相适应的节奏，就像瀑布与江河的流速，属于两种不同的节律。“慢些，我们就会更快”。欲速则不达。竭泽而渔、急功近利之快，必然招致大自然愤怒的报复，遗留一笔交与子孙偿还的债务。米兰·昆德拉试图以《慢》作为一个减速的警告：“我们的时代被遗忘的欲望纠缠着。为了满足这个欲望，它迷上了速度魔鬼。它加速步伐，因为要我们明白它不再希望大家回忆它……它要一口气吹灭记忆微弱的火苗。”奔驰在高速公路和飞旋在网络上的世界，不仅令地球变小，而且也使人的生命缩短。“方留恋处，兰舟催发。”“葡萄美酒夜光杯，欲饮琵琶马上催。”只顾匆匆赶路，不见两岸风光；一身名缰利锁，不知生命芬芳。“为君持酒劝斜阳，且向花间留晚照。”许多人越来越怀念马车时代，那便是诗意的栖居时代。马车的速度是一律与人类内心声音和生活节拍相和谐的节奏。马车匀然悠扬的车轮，碾出唐诗宋词一道道舒缓的辙印：“柳塘春水漫，花坞夕阳迟。”“松风吹解带，山月照弹琴。”“坐看苍苔色，欲上人衣来。”“恻恻轻寒翦翦风，小梅飘雪杏花红。”“闲坐小窗读周易，不知春去几多时。”“邮亭深静，下马还寻，旧曾题处。”碾出了莫扎特美得叫人心颤的音乐：林中空地、乡间曲径、夜莺轻啼、新月柳眉、小桥细泉、疏梅淡影……像母亲乳汁甜甜的流韵。蜻蜓点水，浮光掠影，是我们灵魂浮躁和轻率的证明。人类生活无节制的湍急，令人焦虑和担忧；远离负责的质疑和使命的反拨，只能说明我们麻木的深度。

又闻青草香

一片殷殷切切的期待中，又一个无雪之冬寂寥而过。昨夜一场春雨飘落，竟是浑然不知，晓来推开窗户，喜觉满眼湿漉漉的新鲜。出得门来，但见路上的行人，一个个都好像被春雨洗了似的，表情一副湿润和明亮。

五九六九，河边看柳。然而生活中，北方的春色总是要比民谚描绘的景况来得更晚一些。路边的草坪，隐约萌芽出“草色遥看近却无”的诗意，而靠近草坪，分明有一脉脉的草香，淡雅清新地向你袭来。

草香撩动记忆，草香里藏着多彩的记忆。随着草香的袅袅浮动，我童年的一些画景便徐徐然展映开来。

晋北的乡村，虬扎着我深长而剪不断的草根。每逢下雨，总是忙碌辛劳的牲畜们就获得了难得的假日，被拴在圈里，悠闲中仿佛又夹杂着一些无聊，或仰起脖子嗷嗷地叫唤两声，或上下左右使劲甩动一圈尾巴，或蹦跳着踢几蹶发痒的蹄子。雨还赐予了男人们睡懒觉的理由，所谓“下雨天，睡觉天”。睡得不耐烦了，他们就跳下炕，三五一伙地聚在一起去打“平和”了。你家一斤面，我家半两油，七手八脚地做一顿满街飘香的“百家饭”，少不了还有一坛子高粱白。而后大家伙围坐一团，狼吞虎咽满头大汗地吃个杯空碗光，盘底朝天。雨停了，我们这些小萝卜头，拎着镰刀，背着箩筐，奉了大人们的指令，去田野上为牲畜们割青草。田野上那些晴天时被太阳晒得打蔫的草，此时都喝饱了雨水，肚子挺得鼓鼓的，一棵棵好像都怀了孕。亮晶晶的雨珠，伏在草叶上滚来滚去，碰落下来打湿我们的裤脚和鞋袜，仿佛是一种小小的报复，我们毕竟打扰了它们的宁静。割草是有节奏的，这节奏总是伴着蛐蛐此起彼落的鸣唱。雨后蛐蛐的嗓音，格外清澈明灿，原本静寂单调的割草活儿，就被蛐蛐的歌声浓浓地音乐化了，艺术化了。而突然跳起的蚂蚱，却常常让我们吃上一惊。潜隐在草丛里的蚂蚱，穿一身绿色的衣服，你是发现不了它们的。当它跳起又落下时，你会看到，绿蚂蚱那金鱼一样凸出的眼睛，也是草绿草绿的，像童话一样晶莹纯美，叫人顿然心生爱怜。只是这样一惊乍一走神，手有时就会被镰刀或草划破，却也不打紧，抓一把泥土摁住，血就不流了。每一回这样的割草，镰刀，手脚，衣裳，箩筐，都一一浸满了浓浓的草香，带回家，带到母亲做的粗茶淡饭里，每一筷子都觉得格外香，格外好。就连晚上的梦和月亮，也被染得幽香绵长，沉然而醉。

草香沁人心脾，花香更是诱人。而我此刻想说的是，人香怎样呢？人也有香气吗？是的，人也应该飘香溢馨。香在哪里？香在德，香在品，香在一颗美好的心灵。“斯是陋室，惟吾德馨。”宋代有个叫廉之如的隐士，结庐于绿水青山之间，耕云播月，栽花种菜，一身书香，两袖草馨。偶有一次远足访友，孰料朋友早已迎候于家门，便诧异问道：“我并未捎信于前，君何以知我今日要来？”朋友笑答：“远闻其香，便知君至矣！”这里的香，不仅有草香花香书卷之香，更有人格品德之香。

童年的岁月，是一部无忧无虑的历史。其实也一定有过苦和累、伤和痛的碎片，但这一切似乎都没有留下什么印痕，唯有浓郁不散的草香，在心灵深处，与岁月一起酿成了老酒，历久而弥香，闻之而沉醉。

石鼓寒泉

山不在高，有僧则名，“天下名山僧居半”。“凿石开山，因岩结构”的武州山灵岩石窟寺，“山堂水殿，烟寺相望”，东西绵延数十里，俨然一座佛国梵城。内拨“石鼓寒泉”叮咚佛音，外弹武州川水潺潺梵曲，旖旎一画“锦绣一城春水绕”的禅境风光。

龟兹石窟有一个“千泪泉”传说：龟兹国的公主，爱上了一个小石匠，国王却把小石匠打发到山里，令他凿一千个佛洞，作为公主出嫁的条件。小石匠在野山上披星戴月地凿啊凿，公主在皇宫里望穿秋水地等啊等。一个“月明星稀，乌鹊南飞”的夜晚，公主偷偷逃出深宫，一路跌跌撞撞地摸到山里。天亮时，发现小石匠已经累死在第九百九十九个窟前。公主痛若如万箭穿心，凌然登上窟顶，跳如一颗流星，在天地间划下一道爱的悲光。随之，大山呜咽，花草泣声，泪雨汇成一泉，千年不断……

云冈第二窟又名“石鼓寒泉”洞，“寒泉”即《大金西京武州山重修大石窟寺碑》里所称的“醴泉”，“寒泉灵境”曾灿为云中八景之一。寒泉洞外壁明窗西，镌有“云深处”三字；其上是一方石室，门楣有题额“碧霞洞”。至今，寒泉洞内犹见水滴渗落。相传，当年开凿云冈的斧斤移至此处时，一石匠发现这里的石头微微泛潮，阳光晃动，似有紫烟氤然，暗自说了一个字：奇！开着凿着，该石匠就觉着脖子上似有一只凉虫子爬过，伸手一抓，一滴清水，遂抬头一瞧，窟顶一串水珠就像一排好看的女人牙齿，镶着迷人的微笑。石匠踮起脚，用舌尖一舔，甜！容不得思索，顺势凿来，就有一眼圆泉，随着“噗”的一声欢笑，吐出一串碎玉般的泉水，泉水落在洞里的石头上，响成一音清脆悦耳的曲调。石匠灵机一动，遂将脚下的石头凿空削圆，使之形状如鼓。而泉水就如一支银槌敲打木鱼，不舍昼夜，响彻四季，寒而不冰，经声佛韵……工匠凿石常被溅起的石屑石粉伤及眼睛，而以此寒泉洗目，即可愈好清亮起来。明代有诗人咏唱“石鼓寒泉”：“一脉元从石罅来，湛于秋镜绿于苔。羌胡不解煎茶法，下马争分涤酒杯。”“乾坤灵异信非常，石窦流泉水自香。尽日澄天涵素影，终宵漾月吐寒光”。

大地歌唱

艺术是拿来叫人想象的。形态的逼真和刻板的具象是对艺术的伤害，从来受到艺术的排斥和避离。艺术不回答是什么，艺术的答案是可能或也许。

无论如何，作家不应满足于讲故事；无论如何，作家不是民间说书人。作家也不同于教授讲课，而是在展开文学创作。虽然教授也写讲稿，虽然作家也办讲座。小说、散文、诗歌，毕竟不可以等同于故事，因为它们已然是艺术，虽然讲故事也需要艺术。或许作家作品里也有故事，但不可以故事论之，而最好称其为叙事。即使所叙之事，在作家那里也只是一个载体，作家总是通过叙事载体，传达其对生活的感悟，包括对生活的认知与昭示。作家的意义在于：艺术而深刻地再现生活，诸如自然、社会以及人生，其作品所呈现的是艺术化了的人之生、生之活万象图景。生命因思想的星空而崇高，生活因思想的海洋而深邃。思想让我们从自发升华到自觉，并把我们引向智慧的天国。思想有时也让我们感到承受之重，而唯其重若压舱之石，人类的生命之舟方能在开辟人生的航道中，御风破浪，行稳致远。

西风吹在雪莱笔下，姿态横生，何其美妙，却是以“冬天已经来了，春天还会远吗”作支撑。托尔斯泰所叙《战争与和平》，泄露“幸福的家庭都是一样的，不幸的家庭却各有各的不幸”的世态秘密；罗贯中一语“分久必合，合久必分”，画出“天下大势”的运行规律，统筹《三国演义》的矛盾纠葛，纷繁运势。问：是什么点亮广袤的夜空？答：繁星。问：是什么点亮人类精神的天空？答：思想。问：繁星与思想谁更永恒？答：思想。

清晨的风吹散葡萄般密集的繁星，却吹不落人类精神园林里的智慧果。

比河流走得更远的是风，比风走得更远的是人类的语言，以及语言载动着的人类的思想。

作家，诗人，要全身心地歌唱大地，就像太阳歌唱山川和河流，就像夜晚歌唱月亮和梦；就像夏天歌唱麦穗，秋日歌唱苹果，冬季歌唱冰雪；就像风和春雨歌唱花朵、蝴蝶和燕子，就像大地歌唱万物的欢乐与悲伤……

不是小说和诗歌以至音乐绘画……留住了时光，留住了人们的记忆，而是艺术之美留住了小说和诗歌以至音乐绘画……从而留住了生活，留住了历史和文化。

一山一水

我扭过头，对身旁的书法家说：我拟了一联，回头请帮我写成条幅——人间仙境张家界，童话世界九寨沟。书法家戏我道：可有横批？我笑了笑：当然有，但容我想一想……

这是深秋之日，我游历张家界和九寨沟时的一个细节。

“黄山归来不看山。”这一优美的说法，在我们的生活里有一时段很是流行，现在，它的主语恐怕要作个替换了——除却张家界，何处还看山？

黄山的奇特，在于黄山松姿的风情万种，在于黄山雾态的出神入化。黄山松，黄山雾，简直极尽夸张幻变之能事。而要说看山，我以为眼下要数张家界了。张家界的山，山形山状，山容山貌，山色山泽，都美得几乎超出了人们的想象。

走进张家界，万千山的画景满眼铺开，你就觉得，两只眼睛实在是有点儿少了，明显不够用的，上帝当初怎么不多画上几只！万千画景？不，不是画景，也不要什么诗语。这里是鲜鲜活活的山峰，是灵气浮动的岩石，用画卷、画廊、诗情画意之类来形容、来比喻，自然就都俗了，白了。那山的形状，横枝曲蔓，随意穿插，想怎么长就怎么长。左手一指石桥飞架，右手一弹拱门洞开；才看细腰秀姿，又见雄浑伟势；或如秋菊含苞，或如苍鹰展翅；忽而你可以把它视作“御笔”插立，也可以想象成劲竹穿云；忽而可以喻为采药老人、村姑望夫、情人偷会，或而也可以比作游龙戏珠、孔雀开屏、金鸡晓明……那山色，因石英红砂岩质地，除了树木衣着之外，片片袒露处，灼灼然若古铜光芒耀闪。黄山雾旖旎多姿，张家界的雾也够扑朔迷离的。那雾，叫人疑是从山石里生长出来的，或浓或淡，袅袅聚散。浓时银莲怒放，淡时月影移动；聚时雪浪堆涌，散时纱袖飘拂，出没隐现在流烟迷雾中的山。

神兮仙兮，梦也幻也。造化！大自然从来和永远都是至高无上的艺术大师。在满怀敬畏和感恩的同时，谁能够从大自然领悟到一鳞半爪的性灵，他的人生作品就会气韵生动，风生水起。

“桂林山水甲天下”这句话，我想也应该作个修改了，如果说成“九寨沟水甲天下”，更贴近大自然的本真蕴意。西湖的水，太湖的水，漓江的水……这些水虽各有其美，但都不及九寨沟的水美得令人心颤，奇得叫人生疑。我的第一印象，应该是这样一幅画面：一进九寨沟景区，满车的游客，“呀”地溅起一片惊叫声。随之，大家争相从座位上跳起来，脸贴着车窗玻璃，眼睛使劲向外张望。九寨沟的水先声夺人，透过车窗，怦然打动着每个人的心。蓝？绿？是的，九寨沟的水是很蓝，是很绿，但一个“蓝”、一个“绿”，还不足以道出九寨沟水的美质。若说蓝，若说绿，九寨沟就是天然落在那里的一颗晶莹剔透的蓝宝石，一块玲珑凝碧的翡翠玉。你别因了水底的卵石逼真可见，鱼儿的鳞鳃毕现，就以为此处浅水可探。险！这里少说有十几米，甚至几十米。看九寨沟的水，我相信了蓝和绿是丰富的、有层次的。我不是色彩学家，说不清九寨沟的水该叫什么蓝、什么绿，我只能告诉你，九寨沟的水是多彩的，绚烂的。你听有一片水，大家就唤它“五彩海”；你看那流过一株株灌木丛的清泉，飞雪溅银，满地白玉，因而得名“珍珠滩”。最是那些不知何年何月倒在水里的树木，裹一身毛茸茸的白苔，纵横交错，似近犹远，给人一种怵然的原始感和神秘的远古感，浓浓地网你在一片童话仙境的氛围中。还有的树木，自己浸泡在水里天长日久，竟然托起了一株两株的小树，或者长出了一蓬半蓬的藻草，仿佛作为自己生命的延伸和不朽的证明。

张家界的山是张家界的主打美，因而张家界的水，张家界的花草树木，便纷纷退居到次要的位置，承担了造化赋予的配角使命；同样，九寨沟的水是九寨沟的关键词，九寨沟的山，九寨沟的彩林植被，便都服从于九寨沟的水，为那一潭潭、一汪汪、一滩滩、一瀑瀑的流泉花溪，存活着，美丽着。这便又给我们一个启示：或构思一篇文章，或描绘一幅图画，或是生活中做一件什么事情，我们都应该分一个主次，围绕一个魂的东西，去谋篇布局，设计实施。只是不管你做得多么艺术，多么精妙，一定是要自然和谐，浑然天成。

张家界在湘西，九寨沟在川西。我对同行的书法家说：若把这副对子，上联贴在湖南，下联挂到四川，如何？书法家收住脚步，一脸认真地道：那横批，果然不可或缺了。我又是一笑：有了，这横批就倾情挥毫，书它四个字——一山一水。

春节，传统文化承受之重

冬天的颜色很白，几乎就是白银的质地。这白银一层层深下去，深到很远很远的地方，就有一个高挂着红灯笼标志的红彤彤的节日，吉祥温馨地照耀着我们，那便是总让我们因美好而心跳，因温暖而流泪的春节，那便是一个中国传统文化承受之重的民族节日。

春节，我宁肯顾名思义地把她唤作“春天的节日”。民谚说，“春打六九头”。立春，是一年二十四节气中排序第一的节令。事实上，春节总是在“立春”这个节令前后降临。虽然这时的北方还是冰天雪地，了无春色，但是穿过冬天的最后一段走廊，你就会眼睛一亮地看见，春天正在那儿等着我们呢：柳烟鹅黄，草雾浅绿……

春节的意义，不是哪一天，甚至不是年三十，不是大年初一，而是从腊月到正月一路走将下去，在中国民间的天幕上，动态地画一个优美的弧。一走进腊月，春节的气息，就渐渐地一天比一天浓了起来，什么腊八红豆粥；什么二十三，过小年……早有谁家小孩手痒难耐，挑着鞭炮，或挂在院里的树枝上，用一根燃着的香点着后，转身撒欢跑开，就见爆竹声后，碎红满地，灿若云锦，满堂红福，一片瑞气……经了三十熬夜、初一拜年的高潮，直到正月十五元宵节过后，春节红红艳艳的帷幕，才会徐徐然合上。

春节是中国民间文化的荟萃与展示，是弥漫华夏九州的一团盛大气氛：春联，窗花，爆竹，旺火，饺子，年糕，压岁钱，新衣裳，耍龙舟，蹬高跷……张灯结彩，普天同庆。春节是中华民族传统亲情友情的聚汇和释放，是普天下炎黄子孙的同一心境、共有情结：探亲，访友，拜年，祝福……春意融融，暖情深深。我曾写过一首诗《中国年》：流溢唐诗宋词韵味的红春联 / 平平仄仄着春天的承诺和约定 / 石榴一样鲜亮温暖的红灯笼 / 高挂着圆圆满满的喜庆 / 照亮春天每一条曲径分叉的回家的路 / 浓缩和象征中国传统文化的大福字 / 从乡村到城市把每一扇家门都贴上金灿灿的吉祥……/ 中国年，中国老百姓挽在心灵深处的一个古色古香的情结 / 五千年积淀的集体

记忆和民族文化层 / 天大的事情也大不过回家过年的决心 / 再大的暴风雪也扑不灭我要回家的渴望之火 / 四季他乡漂泊风雨打拼 / 三百六十五个潮起潮汐日升月落 / 就为了你呀——一个红得叫人不想入睡的团圆之夜……

说到春节，自然叫人想到鲁迅笔下鲁镇上过年的氛围：空气里散发着的爆竹的气味、一家家芳香飘溢的年夜饭，街面上院子里，包括祥林嫂在内的那些忙忙碌碌的身影……及至元宵节，有《红楼梦》里灯景的描画，真可谓绚烂飞彩，醉人心魂：

> 只见清流一带，势若游龙，两边石栏上，皆系水晶玻璃各色风灯，点得如银光雪浪；上面柳杏诸树，虽无花叶，却用各色绸绫纸绢及通草为花，粘于纸上，每一株悬灯万盏；更兼池中荷荇凫鹭诸灯，亦皆系螺蚌羽毛做就的，上下争辉，水天焕彩，真是玻璃世界，珠宝乾坤。

而令我感到最不能忘却的，常常是歌剧《白毛女》，尤是喜儿的那根红头绳系着的快乐与歌唱：“北风那个吹，雪花那个飘，雪花那个飘飘，年来那个到。”“卖豆腐赚下几个钱，爹爹称回二斤面，带回家来包饺子，欢欢喜喜过个年……人家的闺女有花戴，我爹钱少不能买，扯上了二尺红头绳，给我扎起来。”快乐和幸福，有时与金钱和物质，并没有多么直接的关系，而是属于心灵的感觉和精神的体验，像美国哲学家马斯洛说的“高原体验”：“在那里，那朵小花是作为它自身的本来面目被观察的，同时也把它看成像上帝一样，像是全身放射出天堂的光辉，挺立在永恒之光的中间，等等。这时候这朵花显然不仅是作为纯具体的本来面目被观察，而且也作为除此以外别无他物的整个世界被观察，或者以一种存在性认知的方式作为整个世界的象征被观察，即作为一朵存在的花，而不是作为一朵匮乏的花被观察……即看这朵花就像通过这朵花窥见了整个存在王国。”

然而，谁都有这样的发现和感受：我们的年味愈来愈淡，我们传统意义的春节，离我们越来越远。与此同时，那个洋里洋气的圣诞节，却穿扮一身商业浓妆，花枝招展地走街串巷，招摇过市。春节，会不会成为远去直至消逝的风景，已是国人们担忧的话题；随之，保卫春节，也就成为我们生活的一个关键词。

其实，圣诞节来了，我们也是要欢迎的，因为文明进步的意义，就包含了不同民族风俗习惯的交融汇流。重要的是，在全球化语境下，我们自己要坚持自己的文化立场，坚持自己的文化血脉，守住自己的文化精髓与特质，守住自己的信念、热爱和追寻——在守住自己的文化家园中守住自己的心灵。越是民族的越是世界的，越是世界的越是民族的，这两句从相反方向讲同一个问题的话，都不能够充分表达我此刻的意思。我想说的是，越是人性的才越是世界的，越是人性的才越会迸射出春天般新绿蓬勃的生命力。

春节，作为中华民族古老的一个习俗，是最家庭化、最人性化、最民族化的一个节日；是一幅人与自然相融、合家祥和美满、人与人亲近融洽的生动画图；是世界民俗文化园林里一株耀眼夺目的珍花瑰树，她折射和诠释着东方文化的精髓与奥秘。走进腊月的中国人，南来北往，天涯海角，“回家过年”是共同的心愿和抵达的方向。而经过春节里亲情友情的一番沉浸，滋润，洗礼，每个人都将迎着一元复始的春天，以新的精神气象，启动新的脚步，展开自己新的播种与收获——点燃爆竹的激情为春天报幕，舞动长虹的丝绸为春天剪彩。

春节，是我们“家”的亲爱，是我们“文化之根”的象征，我们不能失去她，就像我们必须拥有春天和太阳。

泰山季羡林

"巍巍岱宗，众山之巅。雄踞神州，上接九天。吞吐日月，呼吸云烟。阴阳变幻，气象万千……"

好一派泰山雄姿，岱宗风光！诗思澎湃，华彩飞扬，令人欣然激赏。如此诗篇，倘若出自青春少年之笔，倒也罢了，孰料发于近乎百岁老人之胸襟，岂不叫人惊疑叹绝，肃然立敬！飞流悬瀑，霞彩虹霓；烈士壮心，英气勃发。正是一等胸襟，一等境格，方才成就得一等诗品。第19届诗人大会将"世界桂冠诗人"之殊荣，与鲜花掌声一起，敬献给这位中国诗人——季羡林，感动的不仅是读者，还有那座巍峨泰山。

然而，季羡林先生首先并非诗人。其第一成就，应在学术领域，而非文学。他乃杰出的古文字学家、历史学家，其次方为大家喜爱之作家、诗人。他对印度古代语言、印度古典文学、印度佛教史以及中印文化关系等方面之研究，精深之至，空谷足音，铸成一座叫人仰止的高山。

《季羡林文集》正在不断整理出版中，仅就已经汇编成的文集而言，印度古代语言、中印文化关系、印度历史与文化、中国文化和东方文化、佛教、比较文学与民间文学、糖史、吐火罗文以及梵文与其他语种文学作品的翻译，实乃其中之重头戏。《中印文化关系史论丛》《罗摩衍那安探》《〈大唐西域记〉今译》等论著及《沙恭达罗》《五卷书》《罗摩衍那》等译著，虽因专深尖端，曲高音稀，但其积蕴和放射的学术价值之光，穿越春雾夏雨秋气冬雪，温暖地映照着人类的天空和历史的容颜。

如此一位学术大师，偏又写出一篇篇精美绝伦之散文、诗歌，横峰竖岭，蔚然深秀，叫人怎能不叹赞一声：了得！

山西旅游学会会长、作家杨建峰先生，系我兄长，走到哪里，都带一册季老的散文集《留德十年》。杨建峰先生感慨系之：这本书，他读了多少回都读不够；什么时候读，什么时候好；哪里读，哪里好。

我一位朋友叫丁仕美，是煤矿书法家，他对季老的书近乎一种痴爱，大凡遇到季老的作品，总会眼睛一亮地买回家。

若遇情绪低落或心情郁闷，他便拿出季老的《留德十年》拜读，从崇高昂扬的文字旋律中，汲取人生乐观进取之力量。

台湾知本家文化出版公司社长刘灿荣先生，也乃我一位兄长，一次他与我言，台湾许多读者，四处找寻季羡林先生之著述，希望他的公司能予出版……

季羡林，与其说是一个人的名字，毋宁说是智慧、才学和品行的一种象征与标志，是近百年来中国知识分子人生曲径与心路历程之记录、折光和解读。

季羡林带给我们感动的，不是某一个年度，而是许多个年度。由此评说，中央电视台“2006年感动中国人物”之荣誉敬授季老，虽初衷和愿望美好，但却未必与实情相宜对称，抑或是受誉者的一份难以承受之轻。一海碧波，焉能湖泊盛之？

上世纪90年代之初，针对西方极端“科学主义”带来的一系列诸如环境污染、自我膨胀之后遗症与副作用，季老从《“天人合一”新解》落笔，以人与自然间的“文本关系”切入，高扬一个中国知识分子特有的良知、责任和理论勇气，对《东方文化和西方文化》《中国文化发展战略问题》作了宏博深阔的思考与阐论。铿锵有力地回应和反驳了长期以来统治世界的“欧洲中心主义”，以及美国学者亨廷顿等人的“文明的冲突”之论调。

季老从椅子上昂然站起身来，一脸严肃地指出，科学绝非万能之计。他提请我们务必择两句话记之，一句系歌德所言：“大自然从未犯错误，犯错误的是人。”一句乃恩格斯所讲：“我们不要过分陶醉于我们对自然界的胜利，每一次胜利，自然界对我们都进行报复。”我的耳畔不禁响起了来自全球的1575名科学家于1992年共同发出的《世界科学家对人类的警告》：人类和自然正走上一条相互抵触的道路。

季老认为，西方文化之思维模式乃为分析，而东方文化之思维模式则属综合；前者以人天对立、与天为敌为思想指导，以征服自然、暴烈索取为快为荣，后者则以“天地与我同根，万物与我一体”为宇宙之观；前者一分为二，只见树木，不见森林，后者合二而一，注重普遍联系与整体概念，既见树木，又见森林。结论为东西方文化的融合，实属历史之必然，只有不同文化的融合才能产生更高一层的文化。而结论之耀眼光芒在于——融合，须以东方文化为主导。

季老响亮的声音、新锐的观点和充满力量之论辩，激浊扬清，驱云拨雾，在学术界、理论界乃至读者中掀起的积极而强烈的反响，用“感动”一词已远远无法概括。其深度影响，必将以投石激浪之势波及未来。

事实上，今天西方许多思想家甚至一些经济学家，为中国文化散发出的强大历史魅力所吸引和迷恋。英国著名经济学家、剑桥学派创始人马歇尔，便把“万物归于一，一寓于万物”以座右铭视之。法国著名数理经济学家瓦尔拉斯因创立均衡理论，被誉为洛桑学派的奠基人；诺贝尔经济学奖得主美国普林斯顿大学约翰·纳什构建的“纳什均衡”理论，甚至“动摇了西方经济学的基石”。这些经济学理论发散的强烈的“均衡”意识，实乃社会思潮或潜流的某种折射、反映与前瞻。

均衡或平衡，实为宇宙万物间默契与互动的原形态法则。人类社会的可持续发展，市场的资源配置，都追求一种动态的平衡。平衡或均衡，在一定的理论刻度上，契合着中国古代的中庸之意。而中庸的终极效果在于和谐，“喜怒哀乐之未发，谓之中；发而皆中节，谓之和；中也者，天下之大本也；和也者，天下之达道也。致中和，天地位焉，万物育焉”。和谐，首先须与大自然融洽相处，正是所谓的“天人合一”。

天人合一，或是人天对立，这是人类生死存亡而迎接的第一考验与选择，是必须严肃作出回答和解决的首要课题。敌视自然，无异于敌视人类自身，因为人类属于自然的一个部分。

更为可贵的还有，对于“和谐”与“天人合一”，季老思考的锋芒，不断切开以往的包括自己理论研究成果的结构层面，指向更深度的掘进与发现。2006年8月，他在和时任国务院总理温家宝探讨“和谐”时说：“有个问题我考虑很久，我们讲和谐，不仅要人与人和谐，人与自然和谐，还要人内心和谐。”

现在，年近百岁的季老，虽身住医院，但他一手把病魔推在一边，一手继续快乐地读书阅章，笔耕不辍，俨然一只沉醉之春蚕，一支热烈之红烛。我由此想到孔子说过的一句话：“生无所息。”

“生无所息”，乃孔子教育学生子贡所言。生无所息；“天行健，君子以自强不息；地势坤，君子以厚德载物。”这是中国知识分子孜孜不倦追求真理的精神基因，一脉热血。

我对季羡林这位老人充满景仰之情，不仅源之于他和他作品的感染，而且包含着他对我长篇学术散文《雕刻在石头上的王朝》的偏爱与褒奖。

由于此书以云冈石窟为题材，自然涉及了佛教，一位朋友读了之后就说，季羡林先生还是一位佛学大师呢，何不送老先生讨一赐教？

朋友的话令我“顿悟”，我遂想，这本书若能走进季老的阅读视野，若能获得季老的批评，那不啻是一种幸运。于是我便拿一本书出来，恭恭然在扉页上写下“请季老赐教”一行字，交给这位朋友。

书转到季老手里，据说因为眼睛看得费力，季老只好让秘书一段一段地读与他听。“听”了这本书，一天，季老兴浓，就写了两句话：“北魏画卷，云冈诗章。”

看到季老的题词，特别是“季羡林”三个字和“时年九十有五”的落款，我心里顿然燃起火焰般炽烈的激动与崇敬。我以为，这不仅是季老对拙作的评点，更是他对云冈石窟和开凿云冈石窟的那个北魏王朝历史功绩之礼赞。因为云冈石窟，既为印度佛教在中国流播的一座纪念碑，也乃再现佛教中国本土化之一轴艺术长卷。

适逢《雕刻在石头上的王朝》台湾中文繁体字版出版，季老的题词便收录进了里面，拙作陡然生发一片新异辉彩。